Yves Reuter

Professeur à l'université Charles de Gaulle-Lille III

L'ANALYSE DU RÉCIT

ARMAND COLIN

Yves Reuter, professeur à l'université de Lille-III, a publié :

Le Roman policier et ses personnages, Saint-Denis, Presses Universitaires de Vincennes, 1989 (Actes du colloque de Clermond-Ferrand).
Introduction à l'analyse du roman, Paris (Bordas-Dunod, 1991), Armand Colin 2009.
En collaboration avec J.-M. Privat : *Lecture et médiations culturelles*, Lyon, PUL, 1991 (Actes du colloque de Villeurbanne).
En collaboration avec P. Glaudes : *Personnages et histoire littéraire*, Toulouse, PUM, 1991 (Actes du colloque de Toulouse).
Les Interactions lecture-écriture, Berne, Peter Lang, 1994 (Actes du colloque de Lille).
En collaboration avec J.-L. Chiss et J. David : *Didactique du français : fondements d'une discipline*, Bruxelles, De Boeck, 2005.
En collaboration avec P. Glaudes : *Personnage et didactique du récit*, Metz, Centre d'analyse syntaxique de l'université de Metz, *Pratiques*, 1996.
Enseigner et apprendre à écrire, Paris, ESF éditeur, 1996.
Le Roman policier, Paris, Nathan, coll. « 128 », 1997, rééd. Armand Colin, 2009.
En collaboration avec P. Glaudes : *Le Personnage*, Paris, PUF, coll. « Que sais-je ? », 1998.
La Description, théories, recherches, formation, enseignement, Villeneuve-d'Ascq, Presses Universitaires du Septentrion, 1998.
La Description. Des théories à l'enseignement-apprentissage, Paris, ESF éditeur, 2000.

Internet : http://www.armand-colin.com

ISBN : 978-2-200-24453-8

Armand Colin est une marque de Dunod Editeur, 5 rue Laromiguière, 75005 Paris

Sommaire

Avant-propos

Notre culture accorde une large place aux récits, des mythes et légendes – anciens ou modernes – à tous les récits quotidiens de la vie familiale, en passant par les récits de presse ou les romans littéraires. De surcroît, il existe un très grand nombre de théories, fort différentes, pour comprendre et interpréter ces récits multiples et protéiformes. Certaines théories les replacent dans l'histoire, d'autres les abordent d'un point de vue sociologique ou psychanalytique, d'autres encore étudient les formes et les fonctions de la genèse de ces récits chez l'enfant. Certaines s'intéressent essentiellement à leurs conditions de production, d'autres à leurs conditions de réception, d'autres encore n'envisagent ces récits qu'en eux-mêmes. Faute de pouvoir rendre compte de tous ces aspects, que fallait-il privilégier pour un public d'étudiants ?

Nous avons choisi ici l'approche narratologique (ou interne), qui présente deux grandes caractéristiques. La première consiste à s'intéresser aux récits en tant qu'objets linguistiques, clos sur eux-mêmes, indépendamment de leur production et de leur réception. La seconde caractéristique réside dans le postulat que, au-delà de leur diversité apparente, les récits présentent des formes de base et des principes de composition communs. Ce sont ces formes et ces principes qui constituent l'objet de recherche de la narratologie en tant que théorie du récit. Ce sont ces formes et ces principes qui constituent les instruments d'analyse des différents récits que l'on peut rencontrer.

Ce choix n'est, bien sûr, pas parfait ; mais aucun ne peut l'être dans la mesure où on ne peut prétendre *tout* comprendre à propos de *tous* les récits. Il nous paraît cependant justifiable en raison de deux arguments principaux. En premier lieu, les concepts de l'analyse narratologique sont relativement simples, parfaitement explicables et très précis. À ce titre, ils constituent des outils maniables et rigoureux pour des analyses fines et des commentaires. En second lieu, les concepts de l'analyse narratologique ne sont pas contradictoires avec ceux d'autres théories interprétatives. Les analyses effectuées grâce à eux pourront donc fournir un soubassement solide – et évitant bien des dérives ! – pour des approches plus complexes mettant en relation les récits avec l'histoire, la société ou le psychisme des auteurs et des lecteurs.

Nous avons suivi un ordre d'exposition qui, nous l'espérons, devrait faciliter l'assimilation progressive de la théorie. Le premier chapitre présente très brièvement les principes et les concepts de base. Les trois chapitres suivants étudient en détail les grands niveaux d'organisation du récit : la fiction, la narration et la mise en texte. Le cinquième chapitre explore l'organisation narrative au travers de deux autres perspectives : la présence de séquences formelles différentes (descriptives, explicatives, argumentatives...) et l'inscription des savoirs et des valeurs dans le corps du texte. Les sixième et septième chapitres montrent en quoi ces analyses internes ne sont pas exclusives d'autres approches et comment elles peuvent s'articuler à celles-ci au travers de questions telles que celles de la référence au « réel », de la référence aux autres écrits ou encore des effets produits.

Les principes d'analyse sont exposés à l'aide de multiples exemples puisés aussi bien dans des œuvres littéraires que dans d'autres types de récits : faits divers, chansons, fables..., pour aider à mieux saisir le socle commun aux différents récits et l'espace d'application des notions présentées.

Précisons enfin que cet ouvrage, qui est une version entièrement remaniée de notre livre paru auparavant dans la collection « Topos », reprend – en la simplifiant – la trame de notre *Introduction à l'analyse du roman*. Le lecteur en quête d'informations et de précisions complémentaires, en quête aussi de données sur l'histoire du roman ou d'exercices pratiques, pourra s'y reporter.

1

Les principes essentiels de l'analyse interne des récits

Deux principes fondamentaux président à l'analyse narratologique : l'accent porté sur le texte, considéré comme un matériau verbal autonome, mettant en quelque sorte entre parenthèses ses relations avec le monde extérieur et avec les activités de production et de réception, et la distinction, purement méthodologique, entre des *niveaux d'analyse* internes au texte. Ces deux principes déterminent les concepts de base qui structurent toute l'approche dite interne.

I. Distinguer texte et « hors texte »

La distinction entre texte et hors texte constitue sans doute le principe de base de l'analyse interne des récits. Ce principe repose en fait sur trois types de décisions :

– considérer essentiellement le récit en tant qu'il est constitué par un matériau linguistique ;

– s'intéresser fondamentalement à son organisation (et non à ses relations avec son « extérieur ») ;

– privilégier la question du « comment (cela marche) ? » à d'autres questions possibles (pourquoi c'est organisé ainsi ? à quelles fins ? quels sont les effets produits ?...).

Il est certain que ce principe correspond à des choix théoriques et méthodologiques et exclut d'autres analyses intéressantes. Mais aucune théorie ou aucune méthode ne peut prétendre tout comprendre. L'important est donc d'un côté de clarifier ce que l'on tente de saisir et comment, et de l'autre de préciser ce que l'on renonce – au moins dans un premier temps – à appréhender.

Il est tout aussi certain que ce principe est difficilement tenable de façon absolue dans la mesure où tout texte est écrit et compris en référence à notre monde, dans la mesure aussi où il entretient de multiples relations avec d'autres récits de notre culture.

C'est pour cela qu'il faut comprendre ce principe de distinction entre texte et hors texte plus comme une volonté de fonder systématiquement l'analyse sur des faits textuels précis et vérifiables que comme un aveuglement au monde ainsi qu'aux producteurs et aux récepteurs des récits.

Cela explique nos « ouvertures » constantes à ces dimensions dans les différents chapitres suivants et leur formalisation dans les chapitres 6 et 7.

Cette partition entre texte et hors texte implique, en tout cas, de distinguer soigneusement entre énoncé et énonciation, fiction et référent, auteur et narrateur, lecteur et narrataire. C'est ce que nous allons préciser maintenant.

1.1 Énoncé/énonciation

Définition : tout fait linguistique ou textuel peut s'analyser selon deux perspectives. Dans la première, on le considère comme un *énoncé*, c'est-à-dire comme un produit fini, clos sur lui-même. Dans la seconde perspective, on le considère en tant que produit d'une *énonciation*, c'est-à-dire dans ses relations avec l'acte de communication au sein duquel il s'inscrit. Quelqu'un l'a produit, dans telles conditions, avec des intentions déterminées, pour quelqu'un d'autre, qui le comprend (ou non), dans telles conditions et de telle façon.

Nous pouvons ainsi analyser un fait divers dans la presse du point de vue de son organisation, de sa construction formelle, des contenus mis en scène. C'est le point de vue de l'approche narratologique. Mais nous pouvons aussi analyser ses relations avec l'énonciation. Qui l'a écrit ? Que révèle-t-il sur notre époque ? Comment est-il perçu ? Ces points de vue, qui intéressent l'histoire, la sociologie, la psychologie, la psychanalyse, etc., seront ici quelque peu marginalisés.

Trois remarques doivent cependant relativiser cette présentation. En premier lieu, l'analyse interne n'est intéressante que si elle s'articule, à un moment ou à un autre, à d'autres théories qui permettent d'aller plus loin dans l'interprétation en s'attachant donc à l'énonciation. Son plus grand mérite est sans doute de limiter les dérives « sauvages » d'interprétations hâtives en forçant à prendre en compte, de manière précise, l'organisation du texte. En second lieu, il est d'autant plus important de ne pas rigidifier la distinction entre texte et hors texte que, dans nombre de cas, la signification d'un énoncé peut difficilement être reconstruite en dehors de sa mise en relation avec l'énonciation. C'est le cas pour des romans des siècles passés ou pour des romans d'avant-garde de notre époque. Mais c'est aussi le cas pour des énoncés plus simples. Un enseignant a ainsi reçu un jour dans son casier à l'université un mot d'un étudiant libellé de la façon suivante : « Je vous annonce que je n'assisterai plus à votre cours à partir de la semaine prochaine. Veuillez m'en excuser. » En l'absence du nom de l'étudiant et du titre ou du code du cours, l'enseignant est resté assez perplexe...

Mais – et c'est la troisième remarque destinée à modaliser la partition énoncé/énonciation – on ne peut pas non plus la rigidifier car il demeure toujours, au sein même de l'énoncé, des traces de l'énonciation. Ainsi, dans le cas du mot de cet(te) étudiant(e), le « Je » renvoie au sujet qui a énoncé le message, le « votre » au récepteur du message, « la semaine prochaine » à un moment défini à partir du moment de l'énonciation. Nous reviendrons sur ces traces privilégiées de l'énonciation manifestées, par exemple, par le jeu des pronoms, le système des temps, le choix des indicateurs de temps et de lieux, les marques de la subjectivité ou des valeurs...

1.2 Fiction/référent

Définition : opérer une distinction entre énoncé et énonciation et se centrer sur l'analyse interne des récits implique de ne pas confondre ce que l'on appelle la *fiction*, c'est-à-dire l'histoire et le monde construits par le texte et n'existant que par ses mots, ses phrases, son organisation, etc., et le *référent*, c'est-à-dire le « hors texte » : le monde réel (ou imaginaire) et nos catégories de saisie du monde qui existent en dehors du récit singulier mais auxquels celui-ci renvoie.

Il est évident, là encore, que la partition n'est pas simple à tenir pour deux raisons au moins. D'abord, parce que tout mot ou toute histoire réfère à notre univers et ne peut être compris qu'en référence à celui-ci et à nos catégories de saisie du monde. Ensuite, parce que nombre de récits courants et de romans se veulent réalistes ou en prise sur le réel (en racontant ce qui est censé s'être réellement passé). Mais, dans tous ces cas, il s'agit d'*effets de réel*, produits au travers du texte par divers procédés. Il est d'ailleurs possible de les produire à propos d'objets ou d'être « réels » ou bien tout à fait imaginaires (voir le cas de la science-fiction ou du fantastique). La notion de fiction invite donc à ne pas confondre texte et référent (le mot chien – contrairement à son référent – n'aboie pas et ne mord pas non plus ; les personnages du roman n'existent pas dans notre univers et ne sont constructibles qu'en relation avec l'énoncé du texte...). Elle invite – encore et toujours – à analyser univers, histoire et protagonistes, engendrés par les récits, au travers des *signes linguistiques* qui les constituent.

Il convient, avant de conclure sur ce point, de signaler que la notion de *fiction* est un concept théorique de l'analyse interne, forgé pour distinguer ce qui est textuel et ce qui ne l'est pas, pour distinguer aussi la fiction d'autres niveaux du texte (voir chap. 2 et 3). Cette notion n'entretient donc – en l'occurrence – aucune relation avec des catégories telles que vrai/faux, réel/imaginaire, etc. On parlera de la fiction d'un récit, que l'histoire soit vraie ou fausse, réelle ou imaginaire, etc.

Cela n'empêche d'ailleurs nullement d'opérer des distinctions entre récits de *relation* (d'événements réels) et récits d'*invention*, voire entre récits de relation présentés comme tels ou camouflés sous les masques de l'imaginaire et des récits d'invention présentés comme tels ou mis en scène de façon vraisemblable et réaliste. Ces catégories peuvent s'avérer précieuses pour analyser les textes et leurs rapports au hors texte ainsi que des modes d'écriture ou des effets de lecture sensiblement différents. En effet, on n'écrira sans doute pas de la même façon une histoire selon qu'elle s'est réellement produite ou non, et selon les relations que l'on souhaite établir entre son discours et le lecteur : désir de fidélité et d'exhaustivité ou non. On ne lira pas non plus de la même façon une autobiographie d'une personne ayant réellement existé et le roman de Marc Twain, *Trois Mille Ans chez les microbes* qui se présente comme l'œuvre d'un microbe du choléra...

1.3 Auteur/narrateur

Opérer une distinction entre énoncé et énonciation et se centrer sur l'analyse interne des récits implique encore de ne pas confondre l'*écrivain* (ou le producteur du récit en général) et le *narrateur*.

> **Définition** : l'*écrivain* est l'être humain qui a existé ou existe, en chair et en os, dans notre univers. Son existence se situe dans le « hors texte ». De son côté, le *narrateur* – qu'il soit apparent ou non – n'existe que dans et par le texte, au travers de ses mots. Il est, en quelque sorte, un énonciateur interne : celui qui, *dans le texte*, raconte l'histoire. Le

> narrateur est fondamentalement constitué par l'ensemble des signes linguistiques qui donnent une forme plus ou moins apparente à celui qui narre l'histoire.

Cette distinction, loin d'être purement technique, a d'importantes conséquences pratiques : elle autorise notamment une liberté fondamentale pour l'écrivain, celle qui consiste à raconter des histoires au travers de multiples identités. Ainsi, un écrivain masculin du XXe siècle peut narrer des histoires en prenant l'identité d'un homme du XVIe siècle ou du XXIe siècle, d'une femme, d'un animal, d'un mutant, etc.

Cette distinction, entre ce qui est de l'ordre du texte (le narrateur) et de ce qui est de l'ordre du hors texte (l'auteur), permet encore de traiter, en dehors de toute confusion, ce qui est en fait un *effet* produit : celui de plus ou moins grande fidélité (ou vérité) entre l'image de l'auteur et l'image du narrateur (ou du personnage principal), construite par l'histoire racontée. Cette remarque est d'ailleurs tout aussi valable pour les autobiographies (voir les travaux de Philippe Lejeune) que pour les récits (récits de vie, entretiens...) où le narrateur « renvoie » à l'auteur du discours.

1.4 Lecteur/narrataire

Opérer une distinction entre énoncé et énonciation et se centrer sur l'analyse interne des récits implique enfin de ne pas confondre le *lecteur* (ou le récepteur du récit, quel qu'il soit) et le *narrataire*.

> **Définition** : le *lecteur* est l'être humain qui a existé, existe ou existera, en chair et en os dans notre univers. Son existence se situe dans le « hors texte ». De son côté, le *narrataire* – qu'il soit apparent ou non – n'existe que dans et par le texte, au travers de ses mots ou de ceux qui le désignent. Il est celui qui, *dans le texte*, écoute ou lit l'histoire. Le narrataire est fondamentalement constitué par l'ensemble des signes linguistiques (le « tu » et le « vous » par exemple) qui donnent une forme plus ou moins apparente à celui qui « reçoit » l'histoire.

Ici encore cette distinction, loin d'être purement technique, a d'importantes conséquences pratiques. Elle autorise notamment une liberté fondamentale pour l'écrivain : celle de construire textuellement l'image de son lecteur et de jouer avec celle-ci, quel que soit le public réel qui lira le livre. Les formes de ce destinataire fictif – interne au texte – peuvent donc être, ici aussi, infinies.

Il convient cependant de noter que, bien souvent, le narrataire n'existe qu'« en creux » dans le texte, sans signe explicite renvoyant à lui. On peut alors le considérer comme une sorte de lecteur « idéal » visé par le texte, mais non figuré, reconstructible au travers des compétences, des savoirs et des valeurs que le récit suppose pour être pleinement compris et apprécié.

De nombreux auteurs, souvent dans une veine ludique, ont multiplié les jeux possibles à partir du narrataire. Ainsi, Diderot, dans *Jacques le Fataliste*, génère ses effets en jouant en quelque sorte sur deux formes possibles du narrataire :

– une forme explicite, référant à un lecteur « ordinaire », seulement intéressé par le « premier degré » de l'histoire racontée ;

– une forme implicite, non figurée dans le texte, mais qui renvoie à la connivence possible avec un lecteur plus intéressé par le travail formel sur le roman et susceptible, comme l'auteur, de s'amuser de ce narrataire naïf et, au-delà, de certaines catégories de lecteurs :

> Et puis, lecteur, toujours des contes d'amour ; un, deux, trois, quatre contes d'amour que je vous ai fait ; trois ou quatre autres contes d'amour qui vous reviennent encore : ce sont beaucoup de contes d'amour. Il est vrai d'un autre côté que, puisqu'on écrit pour vous, il faut ou se passer de votre applaudissement, ou vous servir à votre goût, et que vous l'avez bien décidé pour les contes d'amour. Toutes vos nouvelles en vers ou en prose sont des contes d'amour ; presque tous vos poèmes, élégies, églogues, idylles, chansons, épîtres, comédies, tragédies, opéras, sont des contes d'amour. Presque toutes vos peintures et vos sculptures ne sont que des contes d'amour. Vous êtes aux contes d'amour pour toute nourriture depuis que vous existez, et vous ne vous en lassez point. L'on vous tient à ce régime et l'on vous y tiendra encore longtemps encore, hommes et femmes, grands et petits enfants, sans que vous vous en lassiez. En vérité, cela est merveilleux. Je voudrais que l'histoire du secrétaire du marquis des Arcis fût encore un conte d'amour, mais j'ai peur qu'il n'en soit rien, et que vous n'en soyez ennuyé. Tant pis pour le marquis des Arcis, pour le maître de Jacques, pour vous, lecteur, et pour moi.

2. Distinguer des niveaux d'analyse

Une fois la distinction hors texte/texte effectuée, l'analyse interne va encore distinguer des *niveaux d'analyse* (fiction, narration, mise en texte) au sein de l'énoncé. Il s'agit d'une opération arbitraire, dans la mesure où ces niveaux s'interpénètrent dans la réalité du texte et dans les mots qui le concrétisent. Mais c'est une opération *méthodologiquement nécessaire* si l'on ne veut pas tout traiter en même temps et si l'on veut appréhender des catégories de choix réalisés et des problèmes de construction textuelle.

La fiction (appelée aussi *diégèse*), que nous avons déjà évoquée, renvoie aux contenus que l'on peut reconstituer et qui sont mis en scène : l'univers spatio-temporel, l'histoire, les personnages...

La narration, que nous avons aussi en partie évoquée, renvoie aux choix techniques – et de création – qui organisent la mise en scène de la fiction, son mode de présentation : le type de narrateur, le type de narrataire, la perspective choisie, l'ordre adopté, le rythme, etc. Ainsi, la « même » fiction de départ peut être radicalement différente si on raconte en « il » ou en « je », en adoptant la perspective d'un personnage ou d'un autre, en narrant dans l'ordre chronologique ou avec des perturbations (flash-back, anticipations...), en résumant ou en expansant, sur un mode sérieux ou parodique...

Quant à la mise en texte, elle renvoie aux choix lexicaux, syntaxiques, rhétoriques, stylistiques... au travers desquels la fiction et la narration se réalisent : les termes clés et leur organisation, le jeu des temps, le mode de désignation des personnages, le registre dominant (« relevé » ou argotique, par exemple), les figures de style...

Les *Exercices de style* de Raymond Queneau sont ainsi fondés, comme le montrent les trois extraits suivants, sur des variations affectant la narration (récit/discours) ou la mise en texte (multiplication des onomatopées) d'une même histoire dont le contenu fictionnel reste, globalement, identique :

Récit

Un jour vers midi du côté du parc Monceau, sur la plate-forme arrière d'un autobus à peu près complet de la ligne S (aujourd'hui 84), j'aperçus un personnage au cou fort long qui portait un feutre mou entouré d'un galon tressé au lieu de ruban. Cet individu interpella tout à coup son voisin en prétendant que celui-ci faisait exprès de lui marcher sur les pieds chaque fois qu'il montait ou descendait des voyageurs. Il abandonna d'ailleurs rapidement la discussion pour se jeter sur une place devenue libre.

Deux heures plus tard, je le revis devant la gare Saint-Lazare en grande conversation avec un ami qui lui conseillait de diminuer l'échancrure de son pardessus en faisant remonter le bouton supérieur par quelque tailleur compétent.

R. Queneau, *Exercices de style* © Gallimard, 1947.

Autre subjectivité

Il y avait aujourd'hui dans l'autobus à côté de moi, sur la plate-forme, un de ces morveux comme on n'en fait guère, heureusement, sans ça je finirais par en tuer un. Celui-là, un gamin dans les vingt-six, trente ans, m'irritait tout spécialement non pas à cause de son grand cou de dindon déplumé que par la nature du ruban de son chapeau, ruban réduit à une sorte de ficelle de teinte aubergine. Ah ! Le salaud ! Ce qu'il me dégoûtait ! Comme il y avait beaucoup de monde dans notre autobus à cette heure-là, je profitais des bousculades qui ont lieu à la montée ou à la descente pour lui enfoncer mon coude entre les côtelettes. Il finit par s'esbigner lâchement avant que je me décide à lui marcher un peu sur les arpions pour lui faire les pieds. Je lui aurais dit aussi, afin de le vexer, qu'il manquait un bouton à son pardessus trop échancré.

Ibid.

Onomatopées

Sur la plate-forme, pla pla pla, d'un autobus, teuff teuff teuff, de la ligne S (pour qui sont ces serpents qui sifflent sur), il était environ midi, ding din don, ding din don, un ridicule éphèbe, proüt, proüt, qui avait un de ces couvre-chefs, phui, se tourna (virevolte, virevolte) soudain vers son voisin d'un air de colère, rreuh, rreuh, et lui dit, hm, hm : « Vous faites exprès de me bousculer, monsieur. » Et toc. Là-dessus, vroutt, il se jette sur une place libre et s'y assoit, boum.
Ce même jour, un peu plus tard, ding din don, ding din don, je le revis en compagnie d'un autre éphèbe, proüt, proüt, qui lui causait bouton de pardessus (brr, brr, brr, il ne faisait donc pas si chaud que ça...).
Et toc.

Ibid.

Il est clair que ces trois « niveaux », même s'ils témoignent d'une certaine autonomie dans les choix possibles, sont en constante interaction. Leur distinction permet en tous cas une spécification plus fine des phénomènes textuels que la traditionnelle bipartition fond/forme.

Elle permet aussi de repérer les caractéristiques dominantes des romanciers, qu'elles concernent tous les niveaux ou plutôt l'un d'entre eux : la fiction dans le cas de romanciers « populaires » tels Dumas, Féval ou Sue avec la multiplicité des aventures ou l'originalité du monde, des événements ou des personnages, la narration avec certains romanciers contemporains chez qui l'intrigue peut être ténue mais qui privilégient l'originalité de la vision, ou encore la mise en texte chez des auteurs qui sont, avant tout, de grands stylistes, de grands artisans de la langue…

3. Un exemple : « le renard et la cigogne »

Afin de mieux saisir les notions proposées dans ce chapitre, nous allons les illustrer avec l'analyse rapide d'une fable de La Fontaine : « Le Renard et la Cigogne » :

Compère le renard se mit un jour en frais,
Et retint à dîner commère la cigogne.
Le régal fut petit et sans beaucoup d'apprêts :
Le galant pour toute besogne,
Avait un brouet clair ; il vivait chichement.
Le brouet fut par lui servi sur une assiette :
La cigogne au long bec n'en put attraper miette,
Et le drôle eut lapé le tout en un moment.
Pour se venger de cette tromperie,
À quelque temps de là, la cigogne le prie.
« Volontiers, lui dit-il, car avec mes amis
Je ne fais point cérémonie. »
À l'heure dite, il courut au logis
De la cigogne son hôtesse ;
Loua très fort sa politesse ;
Trouva le dîner cuit à point.
Bon appétit surtout ; renards n'en manquent point.
Il se réjouissait à l'odeur de la viande
Mise en menus morceaux, et qu'il croyait friande.
On servit, pour l'embarrasser,
En un vase à long col et d'étroite embouchure.
Le bec de la cigogne y pouvait bien passer ;
Mais le museau du sire était d'autre mesure.
Il lui fallut à jeun retourner au logis,
Honteux, comme un renard qu'une poule aurait pris,

Serrant la queue, et portant bas l'oreille.
Trompeurs, c'est pour vous que j'écris :
Attendez-vous à la pareille.

Livre premier, fable XVIII.

La fiction est très simple. Il s'agit d'un enchaînement de deux duperies, celle de la cigogne répondant à celle du renard : un renard invite une cigogne à dîner mais s'arrange pour servir les aliments de telle sorte qu'elle ne puisse manger ; peu de temps après, la cigogne lui rend la pareille. Comme c'est souvent le cas dans les fables, la dimension de la parabole prime sur le réalisme : peu d'indications de temps et de lieux (la fable a une valeur abstraite – universelle) et les animaux sont des symboles de conduites et de types humains.

La narration se caractérise par un ensemble de choix d'exposition : narration ultérieure (après le moment où les événements sont censés s'être déroulés), ordre chronologique respecté, résumés des actions (les scènes de repas), ellipse de ce qui s'est passé entre les deux, paroles rares... Dans le corps de la fable, le narrateur est peu apparent (récit en « il ») même si on peut le reconstruire comme omniscient (il sait tout ; il connaît ainsi les sentiments du renard – vers 18-19 – et de la cigogne – vers 9) et ironique (vers 25-26). De la même façon, le narrataire n'est pas explicite. En revanche, dans la « morale » (vers 27-28), le narrateur apparaît explicitement (discours en « je ») avec une adresse aux narrataires désignés nettement (« Trompeurs », « C'est pour vous », « Attendez-vous ») et une morale à tirer. Cependant – et il en est de même pour la fiction – narrateur et narrataire(s) ne sont constitués que par des signes textuels : ni La Fontaine ni les trompeurs ne sont sous nos yeux.

La mise en texte présente, entre autres, des caractéristiques propres à la fable en tant que genre (titre, histoire, morale et forme versifiée : alexandrins, décasyllabes, octosyllabes) ; un lexique littéraire propre au XVIIIe siècle avec des formes évoquant les fabliaux médiévaux (compère, commère...) ; une alternance temporelle propre au récit (le passé simple pour les actions essentielles et l'imparfait pour ce qui est secondaire par rapport au déroulement de l'histoire) ; du présent de narration (vers 10), de dialogue (vers 11-12), de commentaire général (vers 17), de simulation du moment de l'énonciation (vers 27-28) ; des désignateurs ironiques des personnages (compère le renard ; commère la cigogne ; le galant ; le drôle...).

Ces trois niveaux – fiction, narration, mise en texte – permettent ainsi de catégoriser plus précisément les phénomènes textuels.

2

La fiction

Définition : la fiction désigne l'univers mis en scène par le texte : l'histoire, les personnages, l'espace-temps. Elle se construit progressivement au fil du texte et de sa lecture.

Il est en conséquence nécessaire de travailler sur l'intégralité du texte pour analyser la fiction et ses composantes. Nous nous appuierons, pour illustrer les principes de cette analyse, sur un conte très bref de Francis Jammes, « L'absence ».

> À dix-huit ans, Pierre quitta la maison campagnarde où il était né.
> Au moment précis où il s'en alla, sa vieille mère infirme était dans le lit de la chambre bleue dans laquelle il y avait le daguerréotype de son père, des plumes de paon dans un vase, et une pendule représentant Paul et Virginie, et qui indiquait trois heures.
> Dans la cour, sous le figuier, son grand-père se reposait.
> Dans le jardin, il y avait sa fiancée, des roses et des poiriers luisants.
> Pierre alla gagner sa vie, dans un pays où il y avait des nègres, des perroquets, des caoutchoucs, de la mélasse, des fièvres et des serpents.
> Il y demeura trente ans.
> Au moment précis où il revint dans la maison campagnarde où il était né, la chambre bleue était devenue blanche, sa mère reposait au sein de Dieu, le portrait de son père n'était plus là, et les plumes du paon et le vase avaient disparu. Un objet quelconque remplaçait la pendule.
> Dans la cour, sous le figuier où son défunt grand-père se reposa, il y avait des écuelles cassées et une pauvre poule malade.
> Dans le jardin de roses et de poiriers luisants où fut sa fiancée, il y avait une vieille dame.
> L'histoire ne dit pas qui elle était.
>
> Dans *Le Roman du lièvre*, Mercure de France, 1922, 21e éd.

I. L'histoire : actions, séquences, intrigue

I.1 Les actions

Toute histoire est composée d'*états* et d'*actions*. Celles-ci sont en nombre plus ou moins important et se présentent sous des formes différentes. Quelques questions simples peuvent servir de guide pour leur analyse.

On peut d'abord se demander si elles sont *nombreuses* ou non et si leur *nature* est interne à la psychologie du personnage ou externe à celle-ci (le confrontant au monde ou à d'autres acteurs). Tendanciellement, plus les actions seront nombreuses et tournées vers l'extérieur, plus on sera du côté de récits d'actions ou de romans d'aventures, le pôle inverse étant représenté par le récit psychologique.

On peut ensuite analyser leur caractère explicite (clairement identifiable et repérable) ou non. Dans le premier cas, on sera plutôt en présence d'un récit courant ou d'un roman classique. Dans le second cas, on pourra se trouver face à un récit de presse qui essaie de reconstituer ce qui a pu se passer, sans être sûr de cette vérité, ou face à un roman d'avant-garde qui brouille la clarté narrative.

On peut encore se poser la question de leur *organisation interne*. Peuvent-elles être segmentées en différentes phases et lesquelles ? Claude Brémond (1973) a ainsi proposé de distinguer trois phases constitutives de toute action : la virtualité, le passage à l'acte et l'achèvement. Selon qu'une action peut se produire ou non et s'achever ou non, cela donne les possibilités suivantes :

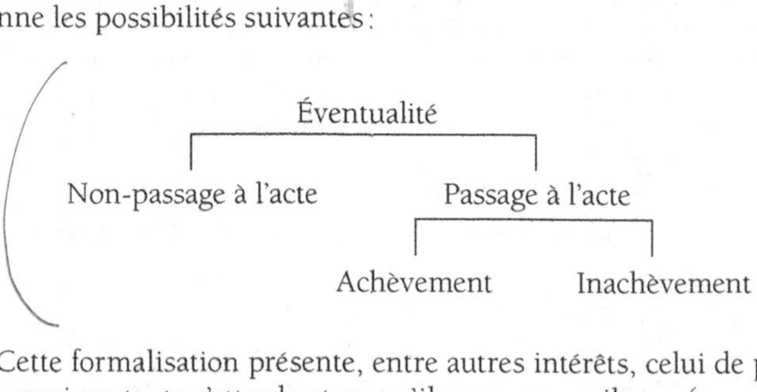

Cette formalisation présente, entre autres intérêts, celui de préciser sur quoi un texte s'attarde et ce qu'il passe sous silence (en raison de tabous liés à l'époque ou d'effets à produire) et celui de mieux cerner le caractère de certains personnages (qui passent ou non à l'acte, qui vont au bout de leur action ou non...).

On peut aussi s'interroger sur l'*importance* respective des actions au sein de l'histoire. Dans cette optique, Roland Barthes (1966) a proposé de distinguer les *fonctions cardinales* (ou *noyaux*), cruciales pour le déroulement de l'histoire et le devenir des personnages, et les *catalyses* qui « remplissent », avec un rôle secondaire, l'espace entre les premières. Les fonctions catalyses sont plus rarement conservées dans les résumés que les fonctions cardinales.

On peut enfin – comme la question précédente y incitait déjà – se demander comment les actions s'organisent pour former une histoire et donc distinguer *trois formes fondamentales de relations* :

– les *relations logiques* : l'action A est la cause ou la conséquence de l'action B ;

– les *relations chronologiques* : l'action A précède ou suit l'action B ;

– les *relations hiérarchiques* : l'action A est plus ou moins importante que l'action B.

Ces relations sont essentielles pour articuler les actions en une *intrigue* globale qui, en retour, intègre et donne sens aux multiples actions qui la composent.

Si l'on applique très rapidement ces critères au texte de Francis Jammes « L'absence », on peut relever les faits suivants :

– il y a peu d'actions et elles sont « externes » (ce qui est en partie lié au fonctionnement du conte comme genre et à la brièveté de celui-ci) ;

– ces actions sont facilement repérables et explicites ;

– il s'agit du départ de Pierre et de son retour (le fait de gagner sa vie étant plutôt, en l'occurrence, un résumé) ;

– ces actions s'effectuent (déroulement et achèvement), même si elles ne sont pas décomposées en phases ;

– leur chronologie est claire et respectée.

En revanche, la simplicité poussée à l'extrême de ce conte, sa sobriété absolue, son absence de psychologie, son manque d'indications quant aux relations cause/conséquence, ainsi que son titre et sa phrase finale, invitent sans doute à chercher une signification plus « profonde » et à le lire comme une parabole ou un conte philosophique.

1.2 L'intrigue

La question de l'*intrigue* incite à s'interroger sur la structure globale de l'histoire. Les théoriciens du récit se sont très tôt préoccupés de ce problème.

Le narratologue soviétique Vladimir Propp a été l'un des premiers, dans *Morphologie du conte* (1928), à tenter de formaliser l'intrigue des récits – en l'occurrence des contes merveilleux russes – à partir de deux grandes hypothèses :

– tous ces contes, au-delà de leurs différences de surface, se réduiraient à un ensemble, fini et organisé dans un ordre identique, d'actions ;

– les actions (à la différence des personnages et des objets) seraient les unités de base.

Il a isolé *trente et une fonctions*, qui, selon lui, constituent ce socle commun.

0. Situation initiale : ouverture, présentation des personnages.

1. Éloignement : un des membres de la famille part ou meurt.

2. Interdiction : le héros se voit intimer un ordre ou une interdiction.

3. Transgression : l'interdiction est transgressée.

4. Interrogation : l'agresseur essaie d'obtenir des renseignements.

5. Information : l'agresseur reçoit des informations sur sa victime.

6. Tromperie : l'agresseur tente de tromper sa victime pour s'emparer d'elle ou de ses biens.

7. Complicité : la victime se laisse duper et aide son ennemi malgré elle.

8. Méfait : l'agresseur nuit à l'un des membres de la famille.

Ces fonctions vont introduire le noyau central du conte. Elles peuvent néanmoins prendre à côté du *méfait* la forme d'un *manque* ou d'un *désir* qui engage la suite de l'histoire.

9. Médiation ou transition : le méfait ou le manque est connu, le héros part ou est envoyé pour y remédier.

10. Début de l'action contraire : le héros accepte ou décide d'agir.

11. Départ : le héros quitte sa maison.

12. Première fonction du donateur : le héros subit épreuve, questionnement ou attaque qui le préparent à la réception d'un objet ou d'un auxiliaire magique.

13. Réaction du héros : le héros réagit aux actions du futur donateur.

14. Réception de l'objet magique : le héros reçoit l'objet magique.

15. Déplacement : le héros est transporté ou conduit près du lieu où se trouve l'objet de sa quête.

16. Combat : le héros et son agresseur s'affrontent.

17. Marque : le héros reçoit une marque (blessure, baiser ou objet...).

18. Victoire : l'agresseur est vaincu.

19. Réparation : le méfait initial est réparé ou le manque est comblé.

20. Retour : le héros revient.

21. Poursuite : le héros est poursuivi et/ou agressé.

22. Secours : le héros est secouru ou arrive à s'enfuir.

23. Arrivée incognito : le héros arrive incognito chez lui ou dans un autre lieu.

24. Prétentions mensongères : un faux héros fait valoir des prétentions mensongères.

25. Tâche difficile : on propose au héros une tâche difficile.

26. Tâche accomplie : le héros réussit.

27. Reconnaissance : le héros est reconnu comme tel, souvent grâce à sa marque (*cf.* fonction 17).

28. Découverte : le faux héros ou l'agresseur est démasqué.

29. Transfiguration : le héros reçoit une nouvelle apparence : il change physiquement.

30. Mariage : le héros se marie et monte sur le trône.

Ce répertoire d'actions demeure sans doute un repère pour l'analyse des contes mais il a fait l'objet de nombreuses critiques : il apparaît très difficilement transférable à d'autres récits et il constitue, en quelque sorte, une tentative de formalisation inachevée. On peut, en effet, organiser plus précisément les actions en sous-ensembles homogènes pour rendre compte de l'organisation des histoires.

Certains chercheurs – notamment Adam, Greimas et surtout Larivaille – ont donc tenté de rendre compte de toute intrigue en un modèle plus abstrait et plus simple. Le modèle, le plus connu et le plus répandu, est celui du *schéma canonique du récit* ou *schéma quinaire* (en raison de ses cinq grandes « étapes »). Il consiste en la superstructure suivante :

TRANSFORMATION

État initial	Complication ou Force perturbatrice	Dynamique	Résolution ou Force équilibrante	État final

Dans ce modèle, le récit se définit fondamentalement comme la *transformation* d'un *état* (initial) en un autre *état* (final). Cette transformation est elle-même constituée :

– d'un élément (*complication*) qui permet d'enclencher l'histoire et de sortir d'un état qui pourrait durer ;

– de l'enchaînement des actions (*dynamique*) ;

– d'un autre élément (*résolution*) qui conclut le processus des actions en instaurant un nouvel état qui perdurera jusqu'à l'intervention d'une nouvelle complication.

Pour illustrer ce schéma d'un exemple très simple, nous dirons que, dans la fable de La Fontaine « Le Corbeau et le Renard », la transformation consiste en la décision du renard de s'emparer du fromage (complication), la mise en œuvre d'une ruse (dynamique) et la perte du fromage par le corbeau (résolution). Cette transformation permet le passage de l'état initial (le corbeau a un fromage, le renard n'en a pas) à un état final inversé (le renard a le fromage, le corbeau ne l'a plus).

On peut trouver des éléments de confirmation de la présence (sous-jacente) de cette structure dans nombre d'écrits sociaux, par exemple dans des faits divers qui, soit mettent en valeur par leurs titres complication et résolution, soit réduisent l'événement à ces deux phases :

ENLEVÉE À MONTARGIS
Julie (huit ans) retrouvée à Pouilly

On peut encore en trouver une autre illustration dans les résumés partiels ou incitatifs de films de certains programmes de télévision dans la presse qui, pour susciter l'intérêt du lecteur sans déflorer toute l'histoire, ne présentent que l'état initial et la complication qui lance véritablement l'histoire :

VENDREDI
A2, 23 h 05
CASABLANCA
de Michel Curtiz (1943)
Avec Humphrey Bogart, Ingrid Bergman.
(Durée : 1 h 42)

En 1943, le tout Casablanca se retrouve le soir au bar de Rick, un Américain exilé en Afrique du Nord. Un soir, Ilse, le grand amour de Rick, fait irruption : elle est mariée à un héros de la résistance et elle vient demander à Rick de le sauver.

Il faut cependant manier ce modèle avec prudence et relativité. En général, les récits et les romans combinent plusieurs récits minimaux (voir ci-après 1.3), analysables selon ce modèle, qui s'enchaînent et se combinent. Le « plaquer » sur la totalité d'un roman est une commodité qui peut faciliter une vue d'ensemble. Mais cela situe l'analyse à un tel niveau de globalité et d'abstraction que la singularité du roman en sera oblitérée. D'autre part, ce schéma est en quelque sorte un soubassement qui sera transformé de multiples façons – euphémisations, ellipses, expansions, perturbations chronologiques… – par les choix régissant la narration et la mise en texte. Enfin et surtout, si – selon certaines hypothèses – tout récit est sous-tendu par ce schéma, l'important n'est pas de le « retrouver » mais d'analyser comment il est spécifié par chaque récit, comment et pourquoi il est manipulé.

En l'état, cette formalisation offre cependant plusieurs intérêts. Elle permet d'insister sur des étapes symétriques : complication et résolution (souvent mises en valeur dans les titres des faits divers), état initial et état final, qui présentent souvent des éléments identiques mais inversés (héros malheureux ou pauvres au début/héros heureux et riches à la fin…).

L'analyse peut donc permettre, par la mise en relation entre état initial et état final, de préciser ce qui a été transformé ou non dans l'histoire, ce qui était son enjeu… C'est d'ailleurs le cas aussi bien pour les récits envisagés dans leur singularité que pour les genres : la conquête d'une qualité ou d'un trésor dans les contes, la conquête de l'amour dans le roman sentimental… Il convient encore de remarquer qu'une absence de transformation entre états initial et final, renforcée par des choix identiques de mise en texte, manifeste fréquemment une vision pessimiste du monde. Le roman de Jean-Patrick Manchette, *La Position du tireur couché*, offre un exemple saisissant de cette similarité entre début et fin, plus fréquemment attestée au XXe siècle qu'aux époques précédentes.

> C'était l'hiver et il faisait nuit. Arrivant directement de l'Arctique, un vent glacé s'engouffrait dans la mer d'Irlande, balayait Liverpool, filait à travers la plaine du Cheshire (où les chats couchaient frileusement les oreilles en l'entendant ronfler dans la cheminée) et, par-delà la glace baissée, venait frapper les yeux de l'homme assis dans le petit fourgon Bedford. L'homme ne cillait pas.
> Il était grand mais pas vraiment massif, avec un visage calme, des yeux bleus, des cheveux bruns qui lui recouvraient juste le bord supérieur de l'oreille. Il portait un caban, un chandail noir et un blue-jean, des fausses Clark's aux pieds, et se tenait le buste droit, adossé à la portière droite de la cabine, les jambes sur la banquette, les semelles touchant la portière gauche. On lui aurait donné trente ans ou un peu plus ; il ne les avait pas tout à fait et se nommait Martin Terrier. Sur ses cuisses était posé un pistolet automatique Ortgies avec un réducteur de son Redfield.
> Et parfois il arrive ceci : c'est l'hiver et il fait nuit ; arrivant directement de l'Arctique, un vent glacé s'est engouffré dans la mer d'Irlande, a balayé Liverpool, filé à travers la plaine du Cheshire où les chats couchent les oreilles en l'entendant hurler et passer ; ce vent glacé a traversé l'Angleterre et franchi le Pas-de-Calais, il a survolé des plaines grises et vient frapper directement sur les vitres du petit logement de Martin Terrier, mais ces vitres ne vibrent pas et ce vent est sans force. Ces nuits-là Terrier dort en silence. Dans son sommeil il vient de prendre la position du tireur couché.
>
> J.-P. Manchette, *La Position du tireur couché* © Gallimard, 1995.

D'autre part, cette formalisation peut – au moins en partie – rendre compte de la gêne que ressentent certains lecteurs ou spectateurs lorsque l'ordre de la fiction n'est pas respecté (flash-back, anticipations…) ou lorsque les étapes finales manquent (la fin en « queue de poisson »).

Précisons encore que cette formalisation porte sur l'organisation des *textes*. Mais elle a donné lieu à des reprises et à des transformations au sein des travaux de psychologie cognitive qui s'intéressent aux activités intellectives qu'effectuent les sujets pour lire et comprendre un texte. Dans ce cadre, les chercheurs emploient la notion de *schéma prototypique du récit* pour désigner des cadres *cognitifs* que posséderaient les *sujets* (et non plus les textes) pour lire, écrire, comprendre… les récits. Ces cadres, élaborés notamment au travers de la fréquentation des récits (écrits, oraux, audiovisuels...) permettraient de faciliter les activités de production et de réception (en anticipant par exemple les suites possibles). À l'inverse, dans les cas où l'ordre de la fiction ne serait pas respecté – comme nous l'avons vu précédemment – certaines perturbations (appréhendables sous forme de problèmes de compréhension ou de ralentissement de la lecture) pourraient se manifester. Cette thèse n'est cependant pas unanimement partagée. En effet, pour d'autres chercheurs, il ne serait pas nécessaire de disposer de tels cadres puisque les modèles « intériorisés » des conduites humaines seraient suffisants pour suivre et comprendre une histoire (quel problème rencontre le personnage ? comment s'y prend-il pour le résoudre ?). Cela nous renvoie alors à l'étude des personnages que nous aborderons ultérieurement.

1.3 Les séquences

D'un point de vue méthodologique, l'analyse demeure cependant tiraillée entre d'une part des unités multiples et en grande partie calquées sur le réel, les actions et, d'autre part, des unités très abstraites et globalisantes, les étapes du schéma quinaire.

Dans ce cadre, la notion de *séquence* peut constituer une réponse intéressante en tant qu'*unité d'analyse* intermédiaire, plus réduite que les étapes, plus étendue que les actions. Plusieurs modèles de séquences existent et c'est finalement à celui qui travaille le texte de choisir celui qui lui semble le plus pertinent face au récit considéré et le plus maniable pour lui.

Deux modèles principaux peuvent être cités. Le premier, le plus rigide, consiste à considérer qu'il y a séquence dès qu'une unité textuelle manifeste le schéma quinaire, même de façon minimale ou très « ellipsée ». Ainsi, dans « Le Corbeau et le Renard », l'état initial peut être considéré comme la conjonction de deux séquences : l'une qui rendrait compte du fait que le corbeau est en possession du fromage (le corbeau n'a pas de fromage ; il en repère un ; il agit pour s'en emparer ; il se l'approprie ; il s'apprête à le manger sur son arbre), l'autre qui manifesterait le processus selon lequel le renard, dans son coin et en quête de nourriture, a senti l'odeur du fromage et s'est rapproché du corbeau (le renard n'a pas de fromage ; il sent l'odeur du fromage ; il cherche où il peut se trouver ; il le repère dans le bec du corbeau au pied de l'arbre ; il est au pied de l'arbre et du fromage). Le second modèle, plus souple et en partie inspiré du découpage du théâtre classique, considère qu'il y a séquence dès que l'on peut isoler une unité de temps, de lieu, d'action ou de personnages. Il s'agit alors de sélectionner le critère le plus opératoire en fonction du texte considéré (les appliquer tous les quatre en même temps risquerait en effet de nouveau de trop morceler le texte).

1.4 Application sur « L'absence » de Francis Jammes

Si l'on utilise ces notions à propos du conte « L'absence », on peut considérer que *l'état initial* (la vie dans la maison campagnarde) est rompu par la *complication* constituée par le départ de Pierre. La *dynamique* dure trente ans pendant lesquels Pierre gagne sa vie. Elle prend fin avec la *résolution* : le retour de Pierre. Le texte ne dit pas en quoi consistera l'*état final*.

On peut remarquer des symétries bien marquées entre *complication* (départ) et *résolution* (retour) avec la reprise d'éléments, sous des formes textuelles identiques ou très proches (la maison campagnarde où il était né ; le repos de sa mère ; la chambre bleue...). Du coup, les transformations réalisées prennent des valeurs d'autant plus fortes. Dans l'ordre des symétries, on remarquera aussi qu'états initial et final font l'objet d'ellipses. La *dynamique*, quant à elle, est résumée en deux phases.

La « concentration » de ces étapes rend inutile tout découpage complémentaire en *séquences*.

En revanche, ces ellipses et résumés, accompagnés de symétries et de transformations aussi marquées mais si peu expliquées, nous confirment la nécessité de pousser plus loin l'analyse d'un conte où s'opposent à tel point simplicité de l'intrigue et énigme du sens.

2. Les personnages

Les personnages ont un rôle essentiel dans l'organisation des histoires. Ils permettent les actions, les assument, les subissent, les relient entre elles et leur donnent sens. D'une certaine façon, *toute histoire est histoire des personnages*. Les titres des livres et des films ou la façon de les résumer au travers des protagonistes principaux en attestent d'ailleurs amplement. Cela explique pourquoi leur analyse est fondamentale et a mobilisé nombre de chercheurs.

Une autre raison encore justifie l'intérêt qui leur est porté. Le personnage est en effet un des éléments clés de la projection et de l'identification des lecteurs. En conséquence, on en a trop souvent traité, surtout sur le plan psychologique, comme s'il s'agissait d'une personne en chair et en os, en oubliant l'analyse précise de sa *construction textuelle*. C'est notamment par rapport à cette dérive que les catégories suivantes – d'autres seront traitées dans le chapitre 4 – ont été élaborées.

2.1 Distinction et hiérarchisation des personnages

Philippe Hamon (1972), synthétisant nombre de recherches, a proposé six catégories de critères, simples et maniables, pour distinguer et hiérarchiser les personnages au travers de leur « faire » (leurs actions), de leur « être », de leur position dans un genre donné et de leur désignation par le narrateur.

La *qualification différentielle* concerne la nature et la quantité des qualifications attribuées aux personnages. Ils sont ainsi nommés et décrits, de façon différente, qualitativement (choix des traits, orientation positive ou négative) et quantitativement. Ils sont plus ou moins anthropomorphisés, portent des marques (de naissance, de blessures...). Ils sont plus ou moins caractérisés physiquement, psychologiquement, socialement... Ils sont plus ou moins appréhendés dans leurs relations (généalogie, vie sentimentale...), etc.

La *fonctionnalité différentielle* porte non plus sur l'être, mais sur le faire des personnages : leur rôle dans l'action, plus ou moins important, porteur de réussite ou non. Cette dimension, qui a beaucoup intéressé les narratologues, sera encore développée dans les points suivants.

La *distribution différentielle*, articulant le faire et l'être, concerne les dimensions quantitative et stratégique des apparitions des personnages : ils apparaissent plus ou moins fréquemment, plus ou moins longtemps, avec un rôle et des effets plus ou moins importants.

L'*autonomie différentielle* articule aussi le faire et l'être mais à partir des modes de combinaison des personnages entre eux. Ainsi, tendanciellement, plus le personnage est important et plus il a de chances d'apparaître seul à certains moments, plus il a de chances aussi de rencontrer de nombreux autres personnages (cela étant lié à sa latitude de déplacements et/ou à son pouvoir d'attraction).

La *pré-désignation conventionnelle* combine le faire et l'être des personnages en référence à un genre donné. Cela signifie que l'importance et le statut du personnage, ainsi que ses formes (le privé dans le roman policier, le héros dans le western...) peuvent être codifiés par des marques génériques traditionnelles : tels traits physiques, telle action. Du coup, dès sa première apparition, le lecteur familier du genre peut le catégoriser.

Le *commentaire explicite* porte, quant à lui, sur le discours que tient le narrateur à propos du personnage. Il indique le statut du personnage ou la manière de le catégoriser : « notre héros », « ce sinistre individu ». Porteur d'évaluations, il peut être plus ou moins abondant et marqué.

Ces six critères distinguant et hiérarchisant les personnages contribuent, dans la tradition romanesque, à la « clarté » du texte et de sa lecture. Ils constituent en quelque sorte des « instructions de lecture » facilitant la catégorisation des personnages. À l'inverse, il est intéressant de noter que les romanciers contemporains et d'avant-garde (depuis la fin du XIXe siècle notamment) ont eu tendance à euphémiser et à brouiller ces marques pour mettre en cause le personnage considéré comme un des pivots de l'illusion réaliste et des routines de lecture.

On pourrait sans doute encore ajouter un autre critère de distinction et de hiérarchisation des personnages en relation avec la *narration* et la *perspective* que nous étudierons plus en détail dans le chapitre suivant. Ainsi, le personnage peut être situé dans la fiction de « façon simple » : on le voit dire, agir, faire de façon plus ou moins importante (voir les critères précédents). Mais il peut aussi, constamment ou non, être *focalisateur* : la perspective passe par lui et on a l'impression de percevoir l'univers fictionnel et les autres personnages par ses yeux. Enfin il peut encore, constamment ou non, être *narrateur* : c'est par « sa bouche » que l'on connaît l'histoire, c'est lui qui raconte dans le texte. Il est clair que l'importance et la spécificité des personnages se joue – au moins en partie – par rapport à ce statut des personnages : acteurs, focalisateurs, narrateurs...

Dans le conte de Francis Jammes, « L'absence », les personnages sont en nombre réduit (Pierre, sa vieille mère, son grand-père, sa fiancée, une vieille dame...). Leur *qualification* est presque inexistante (un prénom, les relations familiales, l'âge, leur caractère de vivant ou de mort...). La *fonctionnalité* est attribuée uniquement à Pierre qui jouit du « faire » et de l'autonomie les plus importants. Il supporte aussi une *pré-désignation conventionnelle* propre au conte : il apparaît en premier, il est jeune, il a un nom et il est celui qui part. À tous ces points de vue, il est clairement distingué et hiérarchisé comme le personnage principal, même si aucun *commentaire explicite* ne vient s'y ajouter.

En revanche, l'absence presque totale de qualification, de fonctionnalité et d'autonomie tend à mettre sur le même plan les autres personnages (vivants, en photo, morts...) et les acteurs de cet autre pays non nommé : nègres, perroquets, caoutchoucs, mélasse, fièvres et serpents... De surcroît, une ambiguïté subsiste, soulignée par la dernière phrase, sur l'identité possible de la fiancée et de la vieille dame.

Tous les personnages sont purement « fictionnels » : on ne voit pas par leurs yeux et ce ne sont pas eux qui racontent l'histoire. Cela contribue sans doute, en l'occurrence, à renforcer leur caractère énigmatique puisque l'on ne dispose d'aucune indication quant à leur psychologie.

2.2 Les actions des personnages

Le « faire » des personnages a mobilisé, comme nous l'avons signalé, de nombreuses recherches dans la mesure notamment où cette dimension est celle qui permet d'articuler le plus précisément actions et personnages.

> **Définition** : Greimas a proposé l'un des modèles les plus connus : le *schéma actantiel*. Il est parti d'une hypothèse similaire à celle de Propp pour les actions : si toutes les histoires – au-delà de leur diversité – possèdent une structure commune, c'est sans doute parce que tous les personnages – au-delà de leurs différences apparentes – peuvent être regroupés dans des catégories communes. Il va appeler ces catégories communes – abstraites – de *forces agissantes* (il ne s'agit pas seulement de personnages « humains ») nécessaires à toute intrigue, des *actants*.

Selon ses analyses, il existerait six catégories d'*actants* participant à tout récit défini comme une quête. Ces six catégories se regrouperaient deux par deux selon des axes fondamentaux pour définir les conduites humaines. Sur le premier axe – celui du désir, du vouloir – le *sujet* chercherait à s'approprier l'*objet*. Sur le second axe – celui du pouvoir –

l'*adjuvant* et l'*opposant* aident ou s'opposent à la réalisation de la quête. Sur le troisième axe – celui du savoir et de la communication – le *destinateur* et le *destinataire* déterminent l'action du sujet en le chargeant de la quête et en désignant les objets de valeur. Ils sanctionnent cette action en reconnaissant son résultat et le sujet qui l'a accompli. Dans de nombreux contes, le roi-père charge ainsi son fils d'une quête et valide (ou non) l'issue de la quête.

Ce modèle, très abstrait et censé être commun à tous les récits, ne doit pas être confondu avec ses réalisations dans des textes différents où chacun de ces rôles peut être tenu par un ou plusieurs *acteurs* (les « personnages concrets » : humains, animaux, idées, sentiments...). Il faut aussi avoir à l'esprit qu'un même acteur peut assumer différents rôles conjointement (par exemple destinateur, destinataire et sujet, quand le héros décide de lui-même de quérir tel objet pour lui-même) ou alternativement (un personnage qui trahit ou se convertit). Il peut encore paraître dans un autre rôle que le sien (l'espion, le faux ami...).

Par ailleurs, Greimas introduit dans ce modèle – que nous avons simplifié – nombre de notions intermédiaires entre celles d'*actant* et d'*acteur*. L'une des plus intéressantes est celle de *rôle thématique* qui désigne la catégorie socio-psycho-culturelle dans laquelle on peut classer l'acteur : jeune, vieux, curé, ouvrier, policier, roi...

Cette notion présente deux grands intérêts. Elle permet d'abord d'organiser la prévisibilité, l'indécision ou les effets de surprise du texte. On s'attendra en effet à des actions ou à des réactions différentes du personnage selon la catégorie à laquelle il appartient. Ainsi, si le personnage a été présenté comme un spécialiste des arts martiaux, on ne sera pas surpris s'il se défait de trois agresseurs ; on le sera, en revanche s'il avait été catégorisé comme un vieux spécialiste des manuscrits de la mer Morte.

Il convient de remarquer, dans cette perspective, que les rédacteurs de faits divers utilisent souvent le contraste entre un *rôle thématique* et les actions que le personnage qui le figure est amené à effectuer en assumant, du coup, un rôle thématique opposé. Cette conjonction, au sein d'un même personnage, de deux rôles thématiques opposés peut provoquer un effet de scandale (« le pompier pyromane », « l'infirmière meurtrière », « le policier ripoux ») ou d'humour, comme en témoigne le fait divers suivant où une grand-mère acquiert, au travers de ses actes, le statut de « Rambo » :

MAMIE-RAMBO

Une dame de 84 ans a mis en fuite deux jeunes cambrioleurs en mordant l'un d'eux, à Combles-en-Barrois, près de Bar-le-Duc. L'octogénaire avait ouvert sa porte, vendredi soir, à deux hommes qui se faisaient passer pour des agents communaux. Une fois dans la maison, les cambrioleurs, qui avaient revêtu des cagoules, ont bousculé la vieille dame. Mais cette dernière ne s'est pas démontée, a gesticulé et hurlé. Ses agresseurs ont pris la fuite, puis sont revenus et ont entrepris de la faire taire. Elle a alors mordu l'un d'eux au doigt, les faisant fuir à nouveau. Les deux jeunes gens, âgés de 17 à 20 ans et domiciliés dans un lotissement voisin, ont été arrêtés samedi.

Libération, 18 février 1991.

Cette notion permet aussi de préciser les types de personnages, de *rôles thématiques*, spécifiques à chaque genre en relation avec les *catégories actantielles*. Ainsi, à la place du *sujet*, on aura des chances de trouver un cadet dans le conte, un privé dans le roman policier, une belle jeune femme dans le roman sentimental... Ainsi, à la place de l'*opposant*, on risquera de rencontrer un ogre ou une sorcière dans le conte, des truands et des politiciens véreux dans le roman policier, une rivale ou un vil séducteur dans le roman sentimental... Il convient encore de rappeler que ce schéma – comme le schéma quinaire – doit être utilisé de façon souple et précise, plutôt sur les séquences que sur l'histoire entière (car il présente alors un tel niveau de généralité que la spécificité de chaque histoire risque d'être perdue). Il ne se reconstruit facilement que sur certains romans d'aventures ou sur certains contes à l'architecture très simple. L'intérêt fondamental de son maniement est de comprendre comment et pourquoi il est incarné de façon singulière dans une histoire donnée.

De son côté, Claude Brémond (1973) a construit un modèle d'analyse concurrent, fondé sur les *rôles* des personnages. Reprochant au modèle de Greimas d'être trop abstrait et trop peu attentif aux transformations des rôles au cours même de l'histoire, il a proposé d'analyser les rôles à partir de trois positions fondamentales : le patient, l'agent et l'influenceur.

Le *patient* est le rôle de base car tout personnage l'a été, l'est ou le sera. C'est celui qui est affecté par le processus. L'*agent* exerce l'action. Et l'*influenceur* intervient antérieurement à l'action pour influencer l'état d'esprit (l'attente, l'espoir, les craintes...) de l'agent ou du patient.

Ainsi, au début du chant XII de l'*Odyssée*, Circé prépare et avertit Ulysse : « Il vous faudra d'abord passer près des sirènes. Elles charment tous les mortels qui les approchent. Mais bien fou qui relâche pour entendre leurs chants ! »

Claude Brémond spécifie ensuite le rôle de l'agent selon la nature, les fonctions et les effets du processus engagé : volontaire ou non, de conservation ou de modification d'un état, à effet bénéfique ou non, ayant réussi ou non…

Cette grille d'analyse permet ainsi d'étudier les rôles successivement ou alternativement assumés par les personnages et le sens de ces transformations. Cela peut fonder des appréciations psychologiques sur tel acteur : actif, passif, velléitaire… Cela permet, en tout cas, de suivre le texte « de plus près » sans passer par le détour d'un modèle très abstrait.

Dans le conte de Francis Jammes, « L'absence », seul Pierre apparaît comme un agent. La question demeure de savoir de quel type d'agent il s'agit puisque rien n'indique s'il a réussi à gagner sa vie au bout des trente ans, puisque l'on peut aussi se demander si son action n'a pas été nulle – absente – au regard du devenir de ses proches.

On peut sans doute aussi le considérer comme sujet de la quête dont l'objet est « gagner sa vie ». Mais cette quête est peu développée, aucun adjuvant ni aucun opposant n'est réellement construit (ils ne sont que potentiels : les fièvres, les serpents…), aucun destinateur ni aucun destinataire n'est marqué, et le résultat de la quête n'est même pas indiqué.

On peut alors s'interroger sur le sens de cette quête qui le ramène au point de départ, et se demander si, en voulant « gagner sa vie », il ne l'a pas perdue en perdant ses proches et sa fiancée. De fait, et contrairement à bien des contes, il n'est pas dit qu'il revient chargé de présents. Et sa présence ne rencontre plus que des absents…

2.3 Généricité, historicité et investissement

L'ensemble des catégories que nous venons d'étudier sont à manier en relation avec les genres et l'histoire.

Ainsi, pendant plusieurs siècles, les personnages sont revenus de façon presque identique, dans leur être et dans leur faire, de texte en texte. Il s'agissait plus de *types* représentant leur communauté ou leur caste de façon exemplaire. Ainsi, la jeune fille noble ou le paysan étaient toujours décrits de façon identique. Ces personnages ne se transformaient pas psychologiquement non plus et ils vivaient les mêmes quêtes et les mêmes conflits, au travers d'aventures similaires...

Les catégories et le fonctionnement des personnages se différencient encore selon les genres : ceux des contes sont ainsi fort peu décrits physiquement et psychologiquement ; la littérature de jeunesse compte beaucoup d'animaux anthropomorphisés... Chaque genre se caractérise en fait par un répertoire spécifique de rôles et d'axes de caractérisation physique et psychologique qu'il convient de mettre au jour pour mieux comprendre la singularité de chacun des acteurs.

Enfin, il ne faut surtout pas sous-estimer que le personnage est un des *supports essentiels de l'investissement*, idéologique et psychologique, des auteurs et des lecteurs. Il fonde à la fois les jugements de valeur et les goûts (on condamne ou non, on aime ou non, tel ou tel personnage). Cet investissement est en réalité beaucoup plus complexe qu'on le pense souvent et cela pour trois raisons :

– il est le résultat d'un *compromis* entre la construction textuelle des personnages (dont les catégories d'analyse précédentes permettent de rendre compte) et les catégories psychologiques et idéologiques des lecteurs ;

– il est, en partie, inconscient ;

– il est complexe, car *tous* les personnages sont le support de relations qui peuvent être *ambivalentes*.

Les psychanalystes considèrent en effet que l'enfant, écoutant ou lisant un conte, s'identifie tout à la fois à l'enfant et à ses parents, mais aussi aux monstres qui mettent la vie du personnage « sympathique » en péril. Cette thèse, valable quel que soit le type d'écrit et l'âge des lecteurs, a d'ailleurs le mérite d'éclairer le comportement, autrement surprenant, de gens qui, régulièrement, lisent des livres ou regardent des films « horribles », qui leur font peur...

L'analyse de l'investissement, qui se doit d'être extrêmement prudente, ne peut donc s'effectuer que dans une mise en relation entre le pôle du texte et celui du sujet, dans une articulation entre théories du texte et théories (historiques, sociologiques, psychologiques...) du sujet. Elle gagne de surcroît à être étayée ou vérifiée par des études précises sur les modes de réception *effectivement* réalisés, afin de ne pas en rester à de la pure spéculation.

3. L'espace

3.1 Les modes d'analyse de l'espace

L'espace construit par le récit peut s'analyser au travers de quelques axes fondamentaux :

– les *catégories de lieux convoqués* : correspondant à notre monde ou non ; exotiques ou non ; plus ou moins riches ; urbains ou ruraux, etc. ;

– le *nombre de lieux convoqués* : un lieu unique, plusieurs lieux, une multiplicité de lieux, etc. ;

– le *mode de construction des lieux* : explicite ou non ; détaillé ou non ; facilement identifiable et stable ou non (le lecteur a de la peine à identifier les lieux, il ne sait jamais s'il s'agit des mêmes) ;

– l'*importance fonctionnelle des lieux* : simple cadre, élément déterminant à différents moments du déroulement de l'histoire, personnage à part entière, etc.

Ces axes d'analyse vont permettre de préciser la façon dont l'espace participe du fonctionnement des histoires.

3.2 Les fonctions de l'espace

Les lieux vont d'abord *fonder l'ancrage réaliste ou non réaliste* de l'histoire. Ainsi, ils peuvent ancrer le récit dans le réel, produire l'impression qu'ils reflètent le hors texte. Ce sera le cas lorsque le texte recèle des indications précises correspondant à notre univers, soutenues si possible par des descriptions détaillées et des éléments typiques, tout cela renvoyant à un savoir culturel repérable en dehors du roman (dans la réalité, dans les guides, dans les cartes...). Les lieux participent alors, avec d'autres procédés (voir chap. 6) à la construction de l'*effet de réel* (on croit à l'existence de cet univers, on le « voit »).

Mais les lieux peuvent aussi se construire en distance avec notre univers :

– le texte manquera d'indications précises et de renvois à notre univers ou encore les lieux seront purement symboliques (la maison comme lieu de sécurité, la forêt comme espace de danger...) et l'on sera face à une histoire qui a une dimension universelle ou parabolique, comme dans les fables et les contes, même si on peut y lire des renvois indirects à notre monde (c'est le cas dans le conte de Francis Jammes) ;

– le texte mélangera références à notre univers et éléments incontrôlables, renvois à d'autres univers, lieux symboliques (de la peur, par exemple, avec souterrains ou châteaux) et l'on sera en présence d'une histoire fantastique ;

– le texte construira un univers tout à fait imaginaire, un autre monde possible mais de façon si précise, si détaillée, si réaliste que l'on y croira aussi, comme c'est le cas dans la science-fiction ;

– le texte, dans un va-et-vient incessant, mélangera les renvois à notre univers tout en restant imprécis ou en brouillant les repères ou en modifiant à chaque fois certains éléments et on se trouvera sans doute confronté à des romans d'avant-garde tels ceux du Nouveau Roman (voir Claude Ollier, Jean Ricardou ou Alain Robbe-Grillet).

En tout état de cause, il faut constater que l'effet de réel est tributaire de la *présentation textuelle* de l'espace plus que de la réalité des lieux.

Les lieux vont aussi *déterminer l'orientation thématique et générique des récits*. Nous l'avons déjà vu en partie avec l'ancrage réaliste mais d'autres cas existent. Ainsi, la multiplicité et la diversité des lieux ainsi que leur ouverture, sont plus nécessaires aux récits d'aventures qu'au roman psychologique qui peut, à la limite, se dérouler entièrement dans un seul lieu. De même, certains univers déterminent des genres romanesques : le roman-western, le roman de la mer, de la montagne, le passé pour les romans historiques, le futur pour la science-fiction, etc. Ainsi encore, les histoires et les thématiques seront fort différentes selon que les lieux sont plutôt urbains ou ruraux, pauvres ou « chics ». Certaines écoles littéraires ont pu s'attacher plutôt à tel ou tel lieu et à telle ou telle forme de représentation de l'espace (les paysages tourmentés pour le Romantisme ; la peinture détaillée de milieux populaires pour le Naturalisme…).

Les lieux vont encore tenir des fonctions narratives multiples :

– décrire le personnage par métonymie (le lieu où il vit et la façon dont il l'habite indiquent, par voie de conséquence, qui il est) ;

– décrire la personne par métaphore (le lieu qu'il contemple renvoie par analogie à ce qu'il ressent ; voir le « paysage intérieur » cher aux Romantiques) ;

– annoncer de façon indirecte la suite des événements (les lieux et leur atmosphère prédisent en quelque sorte l'histoire à venir comme c'est le cas avec les châteaux angoissants des romans d'épouvante) ;

– structurer les groupes de personnages (souvent partagés en *camps* antagonistes séparés par des frontières concrètes ou symboliques comme l'espace souterrain et l'espace du jour qui opposent mineurs et patrons dans *Germinal*) ;

– marquer des étapes dans la vie et dans les actions (comme les domiciles successifs de Gervaise dans *L'Assommoir*, qui rythment son ascension sociale puis sa déchéance) ;

– faciliter ou entraver l'action (les lieux permettent ou non des actions – courir, se parler ; ils donnent forme à des actions – les bagarres prendront des formes différentes dans la rue, dans un bar, dans un pré ; ils se constituent eux-mêmes en adjuvant ou en opposant – lorsqu'ils abritent un amour ou empêchent quelqu'un de rejoindre l'être aimé…).

4. Le temps

4.1 Les modes d'analyse du temps

Comme l'espace, le temps construit par le récit peut s'analyser au moyen de quelques axes fondamentaux :

– les *catégories temporelles convoquées* : correspondant à celles utilisées dans notre univers ou non ; leur nature (minutes, jours, siècles…) ; ce à quoi elles s'appliquent (à une personne, à une famille, à une nation…) ;

– le *mode de construction du temps* : explicite ou non ; détaillé ou non ; identifiable ou « brouillé » ;

– l'*importance fonctionnelle du temps* : simple cadre ; facteur d'importance à différents moments de l'histoire, personnage à part entière…

Ces axes d'analyse vont permettre de préciser la façon dont l'espace participe du fonctionnement des histoires.

4.2 Les fonctions du temps

Les indications de temps contribuent, en premier lieu, à *fonder l'ancrage réaliste ou non réaliste* de l'histoire. Plus elles seront précises, en harmonie avec celles régissant notre univers, plus elles renverront à un savoir fonctionnant en dehors du roman, et plus elles participeront avec d'autres procédés (voir chap. 6) à la construction de l'effet de réel.

Mais les indications de temps peuvent aussi avoir un fonctionnement spécifique, instaurant des différences avec notre univers :

– le texte peut ainsi manquer d'indications précises renvoyant à notre univers ou fournir des mentions qui renvoient à un temps imaginaire (« Il était une fois… ») et symbolique ;

– le texte peut mélanger des références à notre univers avec des éléments incontrôlables (la communication avec d'autres vies ou d'autres époques) comme dans le cas du fantastique ;

– le texte peut construire un temps imaginaire mais d'une façon si précise que le lecteur y adhère (science-fiction) ;

– le texte peut encore brouiller les catégories et les repères même si ceux-ci réfèrent à notre univers (voir le Nouveau Roman).

En tout état de cause, et de la même façon que pour l'espace, l'effet de réel est un *produit* de l'organisation textuelle.

Les indications temporelles vont aussi déterminer l'*orientation thématique et générique* des récits. Ainsi, une durée longue caractérise souvent plus le roman d'aventures que le roman psychologique ; on peut distinguer des genres romanesques orientés vers le passé ou le futur, vers l'enfance ou l'adolescence… Ainsi encore, certaines thématiques romanesques très prégnantes sont fondamentalement liées au temps : la vengeance, l'amnésie…

Les indications temporelles assument encore de multiples fonctions narratives :

– elles qualifient lieux, actions et personnages de façon directe ou indirecte (les rides, les fissures…) ;

– elles structurent et distinguent les groupes de personnages (morts/vivants ; jeunes/vieux ; adultes/enfants…) ;

– elles marquent des étapes dans la vie ;

– elles facilitent, entravent ou déterminent des actions (voir *Le Tour du monde en quatre-vingts jours* de Jules Verne) ;

– elles contribuent à la dramatisation des récits (dans le cas du suspense, par exemple, avec la dilatation du temps et la multiplication des indications temporelles au fur et à mesure qu'on se rapproche d'une échéance posée comme fatale pour un personnage sympathique).

3

La narration

> **Définition** : la *narration* désigne les grands choix techniques qui régissent l'organisation de la fiction dans le récit qui l'expose.

Nous étudierons donc successivement le mode narratif, les voix, les perspectives, l'instance narrative, la distribution du savoir et la gestion du temps (mouvement, vitesse, fréquence et ordre).

I. Les modes narratifs : raconter ou montrer

Toute histoire est racontée, narrée. Mais elle peut l'être différemment. On distingue ainsi, traditionnellement, deux grands *modes narratifs* qui sont les deux grands pôles vers lesquels tendent plus ou moins les récits.

> **Définition** : dans le premier, la médiation du narrateur n'est pas masquée. Elle est visible. Le narrateur est apparent, il ne dissimule pas sa présence. Le lecteur sait que l'histoire est racontée par un ou plusieurs narrateurs, médiée par une ou plusieurs « consciences ». Ce mode, celui du *raconter* (appelé aussi *diégésis*) est sans doute le plus fréquent dans notre culture, depuis les épopées jusqu'aux faits divers, en passant par les romans.
> Dans le second mode narratif, celui du *montrer* (appelé aussi *mimésis*), la narration est moins apparente pour donner au lecteur l'impression que l'histoire se déroule, sans distance, sous ses yeux, comme s'il était au théâtre ou au cinéma. On construit ainsi l'illusion d'une présence immédiate.

Ces deux modes se réalisent au travers de choix techniques qui passent notamment par l'opposition entre scènes et sommaires, par des formes différentes de textualisation des paroles, par des variations dans les perspectives et dans la réalisation des fonctions du narrateur.

1.1 Scènes et sommaires

Définition: dans le mode du *montrer*, les *scènes* occupent une place importante. Il s'agit de passages textuels qui se caractérisent par une visualisation forte, accompagnée notamment des paroles des personnages et d'une abondance de détails. On a l'impression que cela se déroule sous nos yeux, en temps réel.
Les *sommaires* sont plutôt représentatifs du mode du *raconter*. Ils présentent en effet une nette tendance au résumé et se caractérisent par une visualisation moindre comme en atteste ce passage du roman de Maupassant, *Une vie*: « Les deux semaines qui précédèrent le mariage laissèrent Jeanne assez calme et tranquille comme si elle eût été fatiguée d'émotions douces. »

Cette partition n'est cependant qu'une tendance. La répartition n'est, en effet, ni mécanique, ni exclusive, dans la mesure où – à de rares exceptions près – tout roman alterne scènes et sommaires. Il est alors intéressant d'analyser cette alternance en relation avec la *durée* et le *rythme* (voir ci-après 7), les accélérations et les ralentissements du récit, pour produire des effets de réel et des effets de dramatisation. Le roman « classique » insère souvent des scènes comme moments « forts » de l'histoire dans le tissu narratif constitué par des sommaires. Cela permet de souligner les moments essentiels tout en facilitant des économies narratives (grâce aux sommaires, on peut raconter une histoire se déroulant sur un temps long, sans tout dire, puisque l'on résume les événements situés entre deux scènes).

1.2 Les paroles des personnages

Dans le mode du montrer, les paroles sont souvent présentées sans médiation du narrateur, comme si elles étaient directement prononcées par les personnages et rapportées « telles quelles » sous forme de monologue ou de dialogue, avec une prédominance du style direct. L'effet de réel est renforcé dans le cas des paroles, puisque le langage semble subir des transformations moindres que les actions lorsqu'il est textualisé.

Dans le mode du *raconter*, en revanche, les paroles sont souvent médiées par le récit du narrateur. Cela peut prendre les formes de *paroles narrativisées* (qui résument un discours plus ou moins long sans restituer précisément ni le contenu, ni les formes) ou de *paroles transposées*, que ce soit au style indirect ou au style indirect libre.

Mais, une fois encore, ces tendances ne sont ni mécaniques ni figées. Dans la plupart des récits, toutes ces modalités de textualisation des paroles sont utilisées alternativement, selon les passages ou à l'intérieur des mêmes passages, pour procurer un effet de réel plus ou moins fort, pour intensifier le caractère dramatique d'une scène, pour accélérer le cours du récit.

On le voit clairement dans cet extrait de l'avant-dernier chapitre de *L'Éducation sentimentale* de Flaubert, lorsque Frédéric et Mme Arnoux se retrouvent. Le texte se présente sous forme d'une succession entre discours narrativisé (phrase 1), discours transposé au style indirect libre (phrases 2-3-4), et enfin style direct (la réplique ultime) :

> Enfin il lui adressa quantité de questions sur elle et son mari. Ils habitaient le fond de la Bretagne pour vivre économiquement et payer leurs dettes. Arnoux, presque toujours malade, semblait un vieillard maintenant. Sa fille était mariée à Bordeaux et son fils en garnison à Mostaganem. Puis elle releva la tête :
> – Mais je vous revois ! Je suis heureuse !

1.3 Le choix des perspectives

Les perspectives – étudiées en détail dans les parties 3 et 4 ci-après – varient aussi selon le mode choisi. Ainsi, dans le mode du montrer, dominent tendanciellement les perspectives qui donnent, soit l'impression que l'histoire est présentée de manière neutre sous nos yeux (voir *Les Tueurs* d'Hemingway ou *La Position du tireur couché* de Jean-Patrick Manchette), soit l'impression que l'on est « dans la peau » d'un personnage et que l'on voit l'histoire, directement, par ses yeux.

En revanche, dans le mode du raconter, prédominent les perspectives qui manifestent que l'histoire est médiée par le narrateur ou par un personnage par rapport auquel on conserve une certaine distance.

Nous reviendrons plus précisément sur cette question dans la suite de ce chapitre.

1.4 Les fonctions du narrateur

Dans tous les récits, le narrateur, par le fait même qu'il raconte, assume deux fonctions de base : la *fonction narrative* (il raconte et évoque un monde) et la *fonction de régie* ou de contrôle (il organise le récit dans lequel il insère et alterne narration, descriptions et paroles des personnages). Mais, selon le mode choisi, il pourra ou non intervenir de façon plus directe et selon des modalités complémentaires. C'est ainsi le cas dans le mode du raconter (au contraire du mode du montrer où il aura tendance à masquer les signes de sa présence) où le narrateur pourra, plus ou moins fréquemment, assumer sept fonctions complémentaires et combinables entre elles.

• *La fonction communicative*

Elle consiste à s'adresser au narrataire pour agir sur lui ou maintenir le contact. C'est le cas dans ce passage d'*Armance* de Stendhal :

> Essayerons-nous de rappeler les différents genres de douleur qui marquaient chaque instant de sa vie ? Le lecteur ne se lassera-t-il pas de ces tristes détails ?

En fait, on peut remarquer que la fonction communicative, dans la mesure où elle est à l'origine de toute intervention du narrateur, accompagne, même de façon dominée, toutes les autres fonctions.

• *La fonction métanarrative*

Elle est en quelque sorte une fonction de régie explicite qui consiste à commenter le texte en signalant son organisation interne. Ainsi Balzac, dans *La Femme de trente ans*, après un long développement explicatif général sur les sentiments, revient à l'histoire proprement dite en soulignant cette transition et le fonctionnement de son récit :

> Ici donc s'arrête cette leçon ou plutôt cette étude faite sur l'*écorché*, s'il est permis d'emprunter à la peinture une de ses expressions les plus pittoresques ; car cette histoire explique les dangers et le mécanisme de l'amour plus qu'elle ne le peint.

Trois autres fonctions, *testimoniale*, *modalisante* et *évaluative*, vont exprimer le rapport que le narrateur entretient avec l'histoire qu'il raconte.

• *La fonction testimoniale*

Centrée sur l'attestation, elle manifeste le degré de certitude ou de distance qu'entretient le narrateur vis-à-vis de l'histoire qu'il raconte. Le passage suivant de *Cité de verre* de Paul Auster (Actes Sud, 1987) exprime ainsi le peu de certitude quant aux événements narrés :

> Beaucoup de temps passa. Combien exactement, c'est impossible à dire. Des semaines, c'est certain, peut-être même des mois. La relation

> de cette période n'est pas aussi fournie que l'auteur l'aurait souhaité. Mais, l'information étant maigre, il a préféré passer sous silence ce qui ne pouvait être confirmé avec certitude.

- ***La fonction modalisante***

Centrée sur l'émotion, elle manifeste les sentiments que l'histoire ou sa narration suscite chez le narrateur comme dans cet extrait de *Moby Dick* de Melville :

> Oh ! s'il advient que le cours du présent récit révèle en quelque circonstance le complet avilissement de la bravoure de ce pauvre Starbuck, c'est à peine si j'aurais le courage de l'écrire car c'est une chose infiniment désolante – non ! c'est chose abominable que de dévoiler la chute de la vaillance dans une âme.

- ***La fonction évaluative***

Centrée sur les valeurs, elle manifeste le jugement que le narrateur porte sur l'histoire, les personnages ou le récit, comme on le voit dans ce passage d'*Armance* de Stendhal :

> Mais le lecteur est peut-être aussi las que nous de ces tristes détails ; détails où l'on voit les produits gangrenés de la nouvelle génération lutter avec la légèreté de l'ancienne.

- ***La fonction explicative***

Interrompant le cours de l'histoire, celle-ci consiste à donner au narrataire les informations jugées nécessaires pour comprendre ce qui va se passer. Le chapitre 32 de *Moby Dick* est ainsi constitué par une leçon sur les baleines. Intitulé « Cétologie », il annonce que pour comprendre la suite de l'histoire :

> [...] il ne sera que bon maintenant d'aborder une question qui se fait presque indispensable pour le plein entendement et l'appréciation des diverses allusions et révélations plus proprement léviathanesques qui vont suivre.
> C'est une exposition systématique de la baleine dans son espèce, dans son ensemble le plus vaste, que je voudrais mettre sous vos yeux.

Cette fonction, considérablement développée par les romanciers du XIXe siècle qui entretenaient un souci didactique (Hugo, Sue...), peut aussi être tenue par les notes en bas de page.

- *La fonction généralisante ou idéologique*

Cette dernière fonction manifeste le rapport au monde du narrateur. Interrompant ainsi le cours de l'histoire et située dans des passages plus généraux, plus abstraits, plus didactiques, elle prend souvent la forme de maximes autonomisables proposant des jugements sur la société, les hommes, les femmes... comme dans les deux extraits suivants, issus respectivement d'*Armance* (Stendhal) et de *La Femme de trente ans* (Balzac) :

> Le tourment de la jalousie est surtout affreux quand il déchire des cœurs à qui leur penchant comme leurs positions interdisent également tous les moyens de plaire un peu hasardeux.
> Le cœur a sa mémoire à lui. Telle femme, incapable de se rappeler les événements les plus graves, se souviendra pendant toute sa vie des choses qui importent à ses sentiments.

Il est à noter que toutes ces fonctions, plus ou moins explicites selon les textes, ont souvent été développées à des fins humoristiques ou parodiques comme en témoignent *Le Roman comique* de Scarron, *Tristam Shandy* de Sterne, *Jacques le fataliste* de Diderot... ou les œuvres de San-Antonio.

2. Les voix narratives

> **Définition** : la question des *voix narratives* (qui parle et comment ?) renvoie aux relations entre le narrateur et l'histoire qu'il raconte.

Elle permet de distinguer, tendanciellement, deux façons de narrer fort différentes. Gérard Genette expose cela très précisément dans les lignes suivantes :

> Le choix du romancier n'est pas entre deux formes grammaticales, mais entre deux attitudes narratives (dont les formes grammaticales ne sont qu'une conséquence mécanique) : faire raconter l'histoire par l'un de ses « personnages », ou par un narrateur étranger à cette histoire. [...] On distinguera donc ici deux types de récits : l'un à narrateur absent de l'histoire qu'il raconte (exemple : Homère dans l'*Iliade*, ou Flaubert dans *L'Éducation sentimentale*), l'autre à narrateur présent comme personnage dans l'histoire qu'il raconte (exemple : *Gil Blas*, ou *Wuthering Heights*). Je nomme le premier type [...], *hétérodiégétique*, et le second *homodiégétique*.
>
> *Figures III*, Le Seuil, 1978.

Cette distinction fondamentale va entraîner – toujours de façon tendancielle car aucun texte n'est « pur » et il ne s'agit que de fréquences relatives – la domination de l'une ou de l'autre des deux grandes formes d'organisation du message : le *discours* ou le *récit*.

Dans le discours, l'énonciation – en l'occurrence les marques de la narration – est présente sous les formes des pronoms qui renvoient aux partenaires de l'acte de communication (je, tu, nous, vous...) et des indicateurs spatio-temporels qui se réfèrent au moment et au lieu de l'énonciation (aujourd'hui, hier, demain, il y a deux jours, ce mois-ci, dans trois ans, ici...). Les temps réfèrent aussi au moment de l'énonciation : présent, futur, passé composé (ainsi qu'imparfait et plus-que-parfait).

Dans le récit en revanche, l'énonciation est moins marquée et, dans ses formes les plus extrêmes, on a l'impression d'un compte rendu objectif. Les pronoms renvoient plutôt aux personnages mentionnés dans l'énoncé (il[s], elle[s]...) et les indicateurs spatio-temporels se construisent par rapport à des repères posés dans l'énoncé (la veille, le lendemain, deux jours avant, ce mois-là, trois ans après, à sa gauche...). Les temps, eux aussi, s'organisent en relation avec ces repères et sans rapport direct avec l'énonciation, ce qui explique, pour les temps du passé, à côté de l'imparfait et du plus-que-parfait, la présence du passé simple.

Les deux extraits suivants réalisent de façon typique ces deux « attitudes narratives », *hétérodiégétique* (en « il ») et *homodiégétique* (en « je »).

> À l'angle du boulevard Saint-Germain et de la rue de Solférino, un régiment de cuirassiers qui regagnait au pas l'École militaire força Lahrier à s'arrêter. Il demeura les pieds au bord du trottoir, ravi, au fond, de ce contretemps imprévu qui allait retarder de quelques minutes encore l'instant désormais imminent de son arrivée au bureau, conciliant ainsi ses goûts de flâne avec le cri indigné de sa conscience.
>
> Courteline, *Messieurs les ronds-de-cuir.*

> Aujourd'hui maman m'a appelé monstre. Tu es un monstre, elle a dit. J'ai vu la colère dans ses yeux. Je me demande qu'est-ce que c'est qu'un monstre ?
> Aujourd'hui de l'eau est tombée de là-haut. Elle est tombée partout j'ai vu. Je voyais la terre dans la petite fenêtre. La terre buvait l'eau ; elle était comme une bouche qui a très soif. Et puis elle a trop bu d'eau et elle a rendu du sale. Je n'ai pas aimé.
>
> Richard Matheson, « Journal d'un monstre », dans *Les Vingt Meilleurs Récits de science-fiction*, Éd. Gérard & Co., 1964.

3. Les perspectives narratives

> **Définition** : la question des voix narratives concernait le fait de raconter. Celle des *perspectives* (ou *focalisations*, ou *visions*, ou *points de vue*) porte sur le fait de percevoir. En effet, il n'existe pas dans les récits de relation mécanique entre raconter et percevoir : celui qui perçoit n'est pas nécessairement celui qui raconte et inversement.

Ainsi, dans le passage suivant de *Lac* de Jean Echenoz, le lecteur perçoit au début l'univers et Chopin par l'intermédiaire du narrateur mais, par la suite, c'est véritablement par le biais du regard de Chopin sur les autres personnages (Veber et Sophie) et par le biais de ses sentiments (« il était inquiétant ») que l'on a l'impression de percevoir l'univers. Pourtant Chopin n'est pas le narrateur.

> Pétrifié sous la pluie noire, Chopin les surveille jusqu'au dessert tout en forgeant des hypothèses. Veber parlait presque tout le temps, Suzy s'exprimait peu, elle ne sourit froidement qu'une fois. Il semblait qu'il s'agît, finalement d'une conversation sérieuse, sans apparente stratégie de séduction – mais après qu'ils se furent levés de table, qu'ils eurent quitté la salle à manger vers le hall, il était inquiétant qu'ils attendissent ensemble après le même ascenseur.
>
> *Lac*, Éd. de Minuit, 1989.

La question des perspectives est en fait très importante pour l'analyse des récits car le lecteur perçoit l'histoire selon un prisme, une vision, une conscience, qui détermine la nature et la quantité des informations : on peut en effet en savoir plus ou moins sur l'univers et les êtres, on peut rester à l'extérieur des êtres ou pénétrer leur intériorité. La perspective – il convient encore de le préciser car le terme est trompeur – peut passer non seulement par la vision (cas le plus fréquent), mais aussi par l'ouïe, l'odorat (voir *Le Parfum* de Patrick Süskind), le goût ou le toucher.

Jaap Lintvelt, dans *Essai de typologie narrative* (José Corti, 1981), synthétise la notion de perspective de la façon suivante :

> La perspective narrative concerne la perception du monde romanesque par un sujet percepteur : narrateur ou acteur. [...]
> Comme la perception du monde romanesque se trouve filtrée par l'esprit du centre d'orientation, la perspective narrative est influencée par le psychisme du percepteur.

On distinguait traditionnellement, à la suite de Jean Pouillon (*Temps et Roman*, 1946) et de Tzvetan Todorov (« Les catégories du récit littéraire »), trois grands types de perspective :

– la *vision par-derrière* passe par le narrateur (« omniscient ») qui en sait plus que les personnages ; Gérard Genette appelle cela récit *non focalisé* ou à *focalisation zéro* : c'est le cas le plus fréquent dans le roman classique ;

– la *vision avec* passe par un personnage (*focalisation interne fixe* selon Genette) ou plusieurs personnages (*focalisation interne variable*) : dans ce cas, on ne peut normalement savoir que ce que sait le personnage focalisateur ;

– la *vision du dehors* (ou *focalisation externe* pour Genette), est celle dans laquelle le lecteur a l'impression d'un récit « objectif », d'un univers filtré par aucune conscience ; la vision, les pensées et les sentiments des personnages lui sont inconnus : on a ici la sensation d'en savoir moins qu'eux (ce cas plus rare est illustré principalement par le roman américain, notamment policier et certains auteurs du Nouveau Roman français).

Il convient cependant de noter ici que la question fort complexe des perspectives ne fait l'objet d'aucun consensus chez les théoriciens et ne cesse de susciter des débats. Parmi les contributions les plus récentes et les plus importantes, celle d'Alain Rabatel (voir bibliographie) est particulièrement intéressante dans la mesure où elle plaide pour une prise en compte beaucoup plus précise des faits linguistiques (types de verbes, jeu des temps, opposition entre premier plan événementiel et second plan du récit, marques de subjectivité, aspectualisation...). Il a ainsi pu montrer en quoi les typologies évoquées précédemment étaient discutables en postulant, par exemple, un point de vue qui ne serait attribuable ni au narrateur, ni à l'un des personnages. À la lumière de ces études, il paraît donc judicieux de privilégier les dimensions suivantes pour analyser les perspectives :

– la définition précise des paramètres auxquels on s'attache, avec notamment la *source de la perspective* (narrateur ou personnage) ainsi que la *quantité de savoir* (plus ou moins importante), les *objets de la perception* (extériorité ou intériorité des personnages) et les *formes d'axiologie* et de *subjectivité* (plus ou moins marquées), conventionnellement référables au point de vue adopté ;

– l'appui constant sur des relevés précis de marques linguistiques ;

– la recherche des effets visés par la perspective adoptée ;

– le souci de suivre au plus près les modifications et les déplacements des perspectives dans le texte afin de ne pas en rester à une pratique d'étiquetage trop générale et trop mécanique qui réduirait la complexité du récit en figeant sa dynamique.

Reste à savoir – et c'est une des questions cruciales pour l'analyse des récits – comment le « dire » (la narration) et le « percevoir » (la perspective) s'articulent pour produire des effets. C'est la question de l'*instance narrative*.

4. L'instance narrative

> **Définition** : L'*instance narrative* désigne les combinaisons possibles entre les formes fondamentales du narrateur (qui parle ? comment ?) et les perspectives (par qui perçoit-on ? comment ?), utilisées pour mettre en scène, selon des modalités différentes, l'univers fictionnel et produire des effets sur le lecteur.

Nous allons étudier quelques-unes de ces combinaisons – parmi de multiples autres possibles – en raison de leur caractère typique susceptible de constituer un repère pour l'analyse.

4.1 Narrateur hétérodiégétique et perspective passant par le narrateur

Dans cette combinaison, le narrateur peut a priori maîtriser tout le savoir (il est « omniscient ») et tout dire. Tel Dieu par rapport à sa création, il en sait plus que tous les personnages, il connaît les comportements mais aussi ce que pensent et ressentent les différents acteurs, il peut sans problème passer en tous lieux et il a la maîtrise du temps : le passé mais aussi – de façon certaine – l'avenir. Dans le passage suivant d'*Une vie* de Maupassant, on voit ainsi comment le narrateur perçoit tout, à l'intérieur et à l'extérieur de la berline, de l'attitude aux sentiments des protagonistes.

> On se taisait ; les esprits eux-mêmes semblaient mouillés comme la terre. Petite mère se renversant appuya sa tête et ferma les paupières. Le baron considérait d'un œil morne les campagnes monotones et trempées. Rosalie, un paquet sur les genoux, songeait de cette songerie animale des gens du peuple. Mais Jeanne, sous ce ruissellement tiède,

> se sentait revivre ainsi qu'une plante enfermée qu'on vient de remettre à l'air ; et l'épaisseur de sa joie, comme un feuillage, abritait son cœur de la tristesse. [...]
> Et sous la pluie acharnée les croupes luisantes des deux bêtes exhalaient une buée d'eau bouillante.

Le narrateur est omniscient car sa vision et sa perception ne sont pas limités par la perspective d'un personnage. Il peut ainsi assumer toutes les fonctions du narrateur que nous avons évoquées précédemment. Cette instance narrative est la plus classique et la plus fréquemment employée dans le roman français, en raison notamment de sa puissance et de ses intérêts techniques :

– elle permet de passer sans trop de difficultés à d'autres combinaisons (notamment une combinaison hétérodiégétique avec une perspective passant par le personnage) ;

– elle favorise des durées longues et une multiplicité de lieux ;

– elle permet de continuer la narration d'une histoire même si tel ou tel personnage meurt ou est inconscient (c'est-à-dire se trouve dans l'impossibilité de percevoir).

Cependant le fait de pouvoir *a priori* maîtriser tout le savoir et tout dire n'implique pas nécessairement de le faire. En effet, pour surprendre le lecteur, le narrateur peut retarder le moment de lui donner une information. C'est le cas dans *Michel Strogoff* de Jules Verne, où le narrateur cache au lecteur, à partir du chapitre VI, que le héros n'est pas devenu aveugle, contrairement à ce que toute l'action laissait croire. Comme on peut s'en rendre compte, l'omniscience du narrateur est une *virtualité* qui n'empêche nullement les variations concernant l'étendue du savoir ou l'expression de la subjectivité. Il convient donc de les analyser précisément pour essayer de comprendre quels effets elles tentent de produire.

4.2 Narrateur hétérodiégétique et perspective passant par le personnage

Cette combinaison implique une réduction des possibles par rapport à la précédente dans la mesure où le narrateur ne peut – normalement – savoir, percevoir et dire que ce que sait et perçoit le personnage par lequel passe la perspective. On ne sait donc pas ce qui se passe dans la tête des autres acteurs ; on ne peut pas, sans le justifier, changer de lieux ; on ne connaît pas le passé de tous les personnages et on ne peut anticiper l'avenir de façon certaine. Les interventions du narrateur tendent aussi à se raréfier (pour ne pas introduire de distance avec la vision du personnage).

Cette combinaison – qui peut devenir *polyscopique* si on alterne les perspectives de plusieurs personnages – est, en fait, très liée à la précédente dans la mesure où – outre la permanence de l'attention portée à tel personnage – on alterne les moments où le narrateur dit ce que ressent ou perçoit le personnage et les moments où l'on a le sentiment de le savoir, de l'intérieur même du personnage, sans médiation. Il s'agit donc plutôt d'une impression dominante en fonction du centrage du texte sur un acteur.

Cette instance narrative est fréquente, surtout à partir des XVIIIe et XIXe siècles, en raison de l'attention grandissante portée à la psychologie des personnages. Elle donne la sensation d'être très proche d'un acteur (voire dans sa tête) ce qui procure de l'intérêt (et favorise l'identification) ou, à l'inverse, un « choc » lorsqu'il s'agit d'un personnage fou ou anormal. Elle permet encore de ménager des effets de surprise puisque l'on ne sait pas ce que les autres personnages pensent ou préparent. Elle favorise enfin l'humour lorsque la perspective passe par un animal ou un enfant dont on voit nettement comment la « psychologie » modèle le monde. Henry James systématise ce procédé avec *Ce que savait Maisie*, roman dans lequel l'univers est perçu par les yeux d'une fillette qui ne comprend pas toujours les actions, les intentions exactes ainsi que les sentiments et les conventions du monde adulte, comme en atteste l'extrait suivant :

> Il lui fallut du temps, et deux ou trois expériences désagréables, pour se rendre compte qu'il valait mieux ne pas faire allusion à la jeunesse de maman. [...] Mais si maman n'était pas jeune, elle était donc vieille ; et cette lumière nouvelle éclairait bizarrement le mariage de maman avec un jeune homme. [...] Ces découvertes déconcertantes ajoutaient à la confusion d'idées chez l'enfant : aucun de ces gens, semblait-il, n'avait l'âge qu'il aurait dû avoir.

4.3 Narrateur hétérodiégétique et perspective « neutre »

Cette combinaison, assez rare, restreint radicalement les possibles puisqu'elle procède comme si l'univers, les actions et les personnages, se présentaient sous nos yeux sans le filtre d'aucune conscience, de façon neutralisée, comme si le narrateur, témoin « objectif », en savait moins que les personnages et ne pouvait donc délivrer que peu d'informations, sous la forme la moins marquée possible, au lecteur. Impossible donc, tendanciellement, de savoir ce que pensent et ressentent les personnages ; retours en arrière limités ; anticipations certaines interdites ; absence d'interventions explicites du narrateur. L'impression engendrée est celle d'un monde froid, voire absurde et incertain. Jean-Patrick Manchette a tenté de systématiser ce procédé dans le roman policier *La Position du tireur couché* (Gallimard, 1981) :

> À cause des dégâts causés à sa garde-robe lors du sac de son logement, Terrier n'avait pas grand choix pour ce qui était de s'habiller. Il passa dans la salle de bains avec un complet bleu poudre, une chemise bleue et une cravate à rayures bleues. Il se doucha, se rasa et se changea.
> [...]
> Le hall de l'hôtel était brillamment illuminé quand Terrier descendit, et des gens se dirigeaient vers le bar en devisant. C'étaient deux ou trois couples cossus, et un groupe de types aux voix fortes.

Cette instance narrative n'est véritablement attestée qu'au XXe siècle avec certains romanciers américains tels Hemingway ou Hammett (un des fondateurs du roman policier « noir ») et certains écrivains français liés à l'école du Nouveau Roman tel Alain Robbe-Grillet. On a parlé à son propos d'écriture « béhavioriste », en référence au courant psychologique selon lequel on ne peut analyser ce qui se passe à l'intérieur du cerveau humain, et qui préconise donc de s'en tenir à l'observation des comportements. Le lecteur se trouve alors confronté à un univers dont la subjectivité et le sens tendent à s'effacer. Il convient en tout cas de remarquer que cette instance narrative est particulièrement difficile à maintenir sur toute la longueur d'un roman (et même d'une nouvelle) pour deux raisons au moins. D'abord, parce qu'il est particulièrement ardu de produire, sur une certaine durée, une impression de « neutralité », dans la mesure où toute sélection d'objet, toute organisation, tout choix terminologique est porteur de valeurs. Ensuite, parce qu'il est quasiment impossible de ne pas laisser filtrer les traces d'un savoir dont l'origine est problématique, parce qu'il excède la combinaison adoptée. Ainsi, dans l'extrait précédent, on peut remarquer que le narrateur connaît le nom du personnage et sait qu'il s'agit de *son* appartement. De surcroît, il caractérise de façon non neutralisée les objets du monde (*cossus*, *fortes*...).

4.4 Narrateur homodiégétique et perspective passant par le narrateur

Cette combinaison est typiquement celle des autobiographies, des confessions, des récits où le narrateur raconte sa propre vie *rétrospectivement*. Il possède, en conséquence, un savoir plus important qu'à chacune des étapes antérieures de sa vie et il peut donc prédire, lorsqu'il parle de lui âgé de cinq, dix ou quinze ans, ce qu'il deviendra plus tard. Il peut aussi avoir réuni des connaissances sur des gens qu'il a rencontrés antérieurement et il n'hésite pas à intervenir dans son récit pour expliquer ou commenter sa vie et la façon dont il la raconte, comme le narrateur du roman de Fritz Zorn, *Mars* (trad. fr. Gallimard, 1979) :

> Il y a quelque temps, j'ai écrit l'histoire de ma vie avec l'espoir plus ou moins net qu'une récapitulation et une confrontation avec mon passé pourraient apporter une certaine distanciation ou peut-être même me permettraient de surmonter ce passé. C'est le contraire qui s'est produit. Depuis que je m'en suis occupé de plus près, la souffrance que j'éprouve face à mon histoire se jette sur moi avec une violence nouvelle et qui n'avait jamais atteint un tel degré. La rédaction de mes souvenirs ne m'a pas apporté le calme, mais au contraire une agitation et un désespoir accrus.

En revanche cette instance narrative ne permet pas de savoir de façon certaine ce qui se passe (et s'est passé) dans la tête des autres personnages et restreint les changements de lieux au trajet de vie du personnage-narrateur. Cette combinaison peut parfois devenir polyscopique, lorsque par exemple, chacun à leur tour, un homme et une femme racontent l'histoire de leur vie de couple. Elle présente l'intérêt psychologique d'amener le lecteur à épouser le point de vue d'un personnage et de favoriser ainsi l'identification (ou le rejet radical si celui-ci est totalement opposé aux sentiments et aux valeurs du lecteur).

4.5 Narrateur homodiégétique et perspective passant par le personnage

Cette combinaison se différencie de la précédente par une réduction des possibles dans la mesure où le narrateur raconte ce qui lui arrive *au moment où cela lui arrive* (et non de façon rétrospective). Il narre au présent ce qui donne une impression de simultanéité entre ce qu'il perçoit et ce qu'il dit, comme en témoigne cet extrait du roman d'Édouard Dujardin, *Les Lauriers sont coupés* (1887), premier grand exemple de systématisation de cette technique :

> Le garçon. La table. Mon chapeau au porte-manteau. Retirons nos gants ; il faut les jeter négligemment sur la table, à côté de l'assiette ; plutôt dans la poche du pardessus ; non, sur la table ; ces petites choses sont de la tenue générale. Mon pardessus au porte-manteau ; je m'assieds ; ouf ! j'étais las.

Comme on peut s'en rendre compte, on a ainsi l'impression d'être « dans la peau » du personnage, au plus proche de ses sensations et de ses pensées, dès qu'elles se forment. En revanche, cela restreint potentiellement tout ce qui instaure une distance : retours en arrière réflexifs, interventions du narrateur. Et cela tend à interdire les incursions dans l'esprit des autres personnages et les anticipations certaines.

Cette instance a été surtout développée dans la seconde moitié du XXe siècle (voir Nathalie Sarraute), en relation avec un intérêt grandissant pour l'expression la plus intime de la vie psychologique.

La combinaison, *a priori* paradoxale, qui associe un narrateur homodiégétique et une perspective « neutre » se réalise – au moins partiellement – dans certains cas : celui de narrateurs scientifiques ou judiciaires se gardant, par obligation ou par déontologie, de toute expression de leur subjectivité en s'en tenant aux faits, et celui des récits dont les narrateurs-personnages tentent de se protéger en évacuant l'expression de leurs sentiments comme dans le saisissant roman d'Agota Kristof, *Le Grand Cahier* (Le Seuil, 1986) où deux jumeaux doivent survivre dans un monde ravagé par la guerre :

> Grand-mère nous frappe souvent, avec ses mains osseuses, avec un balai ou un torchon mouillé. Elle nous tire par les oreilles, elle nous empoigne les cheveux.
> D'autres gens nous donnent aussi des gifles et des coups de pied, nous ne savons même pas pourquoi.
> Les coups font mal, ils nous font pleurer.
> Les chutes, les écorchures, les coupures, le travail, le froid et la chaleur sont également causes de souffrances.
> Nous décidons d'endurcir notre corps pour pouvoir supporter la douleur sans pleurer.

On voit bien cependant que cette combinaison, qui se caractérise essentiellement par une tentative de suspension de la subjectivité dans le mode d'expression des sentiments, ne diffère pas, structurellement (quant à la source de la perspective, à la quantité de savoir et aux objets de la perception) des deux autres combinaisons référées à un narrateur homodiégétique.

Deux éléments sont sans doute à souligner en conclusion de ce point sur les instances narratives :

– il s'agit, ici encore, de *tendances* : dans la réalité des textes, bien souvent, les instances alternent, se combinent et sont difficiles à distinguer ;

– elles ne sont intéressantes qu'en vertu de ce qu'elles permettent ou empêchent de savoir ou de dire, c'est-à-dire en fait de produire comme effets sur le lecteur.

5. Instance narrative et distribution du savoir

L'analyse de l'instance narrative a donc, parmi ses intérêts majeurs, celui de préciser la circulation des savoirs dans le texte : nature, quantité, modalités, effets visés. Nous avons ainsi évoqué les relations entre instance narrative et quantité de savoir potentiellement disponible à partir de chacune des combinaisons ainsi que les restrictions parfois apportées, par exemple par des omissions (paralipses), afin de surprendre le lecteur.

Dans cette perspective, l'étude de l'instance narrative permet d'analyser précisément le lien entre *savoir énonciatif* et *savoir énoncif*. Ces notions, formalisées par Philippe Hamon (*Le Personnel du roman. Le système des personnages dans* Les Rougon-Macquart *d'Émile Zola*, Droz, 1983) ont pour intérêt d'opérer une distinction entre le savoir qui circule entre le narrateur et le narrataire – et, au-delà, entre auteur et lecteurs – sans être nécessairement connu des personnages (savoir énonciatif) et celui qui s'établit dans les relations entre personnages (savoir énoncif). Des éléments de savoir peuvent ainsi être disposés dans le texte de diverses façons : connus d'un personnage seulement, de plusieurs, de tous, du narrateur, du narrataire…

Cela participe, de façon souvent déterminante, de l'intérêt de l'intrigue (malentendus, quiproquos, rebondissements autour des sentiments amoureux ou d'autres secrets que l'on dissimule plus ou moins), de l'intérêt de certains genres (la lutte entre l'enquêteur et le lecteur pour la découverte du coupable à partir d'un savoir commun véhiculé dans le texte du roman à énigme) et de la construction d'effets de lecture. En effet, c'est à partir de ce jeu entre les différents types de savoir que l'on peut mieux analyser des procédés tels l'*effet de surprise* (rendu possible par des informations inconnues d'un personnage, du narrataire et du lecteur), tels la crainte ou l'amusement lorsque le lecteur possède des informations qu'un personnage ignore et qui le conduisent dans la gueule du loup ou dans une série de bévues...

6. Les niveaux

Le dispositif narration-perspective que nous venons d'étudier peut encore se voir enrichi d'un moyen supplémentaire pour provoquer de nouveaux effets : celui du jeu sur les *niveaux*.

En réalité, derrière ce terme se manifestent au moins trois problèmes distincts que nous allons étudier successivement : celui de récits intégrant en leur sein un ou plusieurs autres récits, celui de la frontière entre fiction et narration et celui d'un fragment qui reflète ou dévoile de manière plus ou moins explicite l'ensemble de l'histoire ou ses principes de composition.

6.1 Les récits emboîtés

Certains récits peuvent comprendre un ou plusieurs autres récits emboîtés : au sein d'une intrigue englobante, un ou plusieurs personnages deviennent narrateur d'une ou plusieurs histoires qu'ils écrivent, racontent ou rêvent.

Ce mécanisme est en fait très fréquent et peut prendre des formes diverses. Il peut ainsi être ponctuel (un personnage trouve un manuscrit et le lit ; un personnage raconte une histoire...) ou généralisé comme dans *Les Mille et Une Nuits*, le *Décameron* de Boccace ou l'*Heptaméron* de Marguerite de Navarre.

Ce mécanisme peut encore remplir des fonctions très différentes : simple matrice pour générer de multiples histoires, digression ou révélation fondamentale, brouillage des frontières entre réel et imaginaire par la multiplication des changements de niveaux, comme dans *Le Manuscrit trouvé à Saragosse* de Jan Potocki.

6.2 La métalepse

Définition : la *métalepse* désigne un autre type de changement de niveau, lorsque se produit un glissement flagrant entre narration et fiction.

D'un côté, le narrateur *extérieur à la fiction* peut, à un moment donné, intervenir *dans* la fiction comme s'il était au même niveau que les personnages. De fait, les romanciers du XIXe siècle ont fréquemment utilisé ces métalepses d'auteur qui sollicitaient le lecteur – via le narrataire – pour rendre plus vivante la narration et faire croire à la fiction : « Laissons-les quitter ce lieu… », « Pénétrons à leur suite dans cette pièce… ». Certains auteurs contemporains, tel Jacques Roubaud dans *Hortense* (1985), *L'Enlèvement d'Hortense* (1987) ou *L'Exil d'Hortense* (1990), ont systématisé ce procédé pour faire réfléchir le lecteur – de manière humoristique – sur les procédés utilisés pour fabriquer et faire adhérer à la fiction :

> Sans nous attarder toutefois outre mesure à la description de cet état des lieux idyllique (il ne va pas le rester longtemps), plaçons-nous par la pensée sur le trottoir, à l'un des deux coins de la rencontre de la rue des Grands-Édredons et de la rue des Milleguiettes : le coin droit, si on tourne le dos au square, comme nous le faisons en ce moment.
> Qui ça, *nous* ?
> Par nous je veux dire très précisément :
> a) *Vous*, mon lecteur : il y a de la place pour un lecteur, représentant de la foule de mes chers, de mes innombrables futurs lecteurs. Vous m'excuserez de ne choisir qu'un seul d'entre vous, mais comment pourriez-vous tenir tous ensemble au coin de la rue des Milleguiettes ? Elle est si étroite ! […]
> b) *Moi*. Voilà pourquoi nous ne sommes que deux au coin de la rue des Milleguiettes pour le commencement de cette terrible histoire, et non trois […]
> Plaçons-nous donc par la pensée sur le trottoir de la rue des Milleguiettes puis, à partir de là, parcourons une dizaine de mètres dans la rue étroite, appuyons (mentalement) sur la série de touches épelant le code d'entrée (secret) PL 317. Passons la lourde porte ancienne. Et entrons. Traversons la cour, pénétrons dans le jardin. Arrêtons-nous un instant à contempler le petit pavillon de deux étages qui en occupe le fond.
>
> Jacques Roubaud, *L'Enlèvement d'Hortense*, Éditions Ramsay, 1987.

De façon symétrique au premier cas mentionné, ce sont les personnages eux-mêmes qui peuvent franchir la frontière entre fiction et narration pour apostropher – via le narrateur et le narrataire – l'auteur et le lecteur et se comporter comme s'ils se situaient au même niveau qu'eux. L'auteur Claude Klotz utilise ce procédé de façon humoristique dans ses romans policiers parodiques, comme en témoigne ce passage de *Flic-Flash* (Christian Bourgois/La Table ronde, 1973) :

> Soudain, Reiner s'interrompit et sourit. À cloche-pied, il alla au bar et se versa un demi-verre de White Label qu'il avala d'un trait.
> Laurence ne le quittait pas des yeux.
> – Qu'est-ce qui t'arrive ?
> – Rien, j'arrose la victoire, j'ai trouvé, l'histoire est finie.
> Étonnée, elle battit des cils.
> – Déjà ? Mais il reste encore une dizaine de pages...

Comme dans le cas précédent, ce type de métalepse peut servir à amuser le lecteur, à créer le fantastique en brouillant les frontières entre réel et imaginaire (voir Borges ou Cortázar) ou à rompre les codes du vraisemblable en interrogeant le fonctionnement romanesque (voir le Nouveau Roman).

6.3 La mise en abyme

On désigne par le terme de *mise en abyme* le fait qu'un passage textuel, soit reflète plus ou moins fidèlement la composition de l'ensemble de l'histoire, soit mette au jour, plus ou moins explicitement, les procédés utilisés pour construire et raconter l'histoire.

Pour le premier cas de figure, on peut penser à certaines scènes où se lit, de manière concentrée et symbolique, la totalité de l'intrigue (ce qui peut, parfois, se réaliser sous forme d'un récit emboîté : un personnage assiste à la projection d'un film qui raconte, de façon détournée, son histoire). Ce procédé a en fait été fréquemment employé dans certaines peintures où un miroir ou un tableau, à l'intérieur même du tableau, exposait l'image réduite de l'intégralité de la scène représentée. Plus prosaïquement, il est à l'œuvre dans le médaillon à l'oreille de la « Vache qui rit » qui propose une image réduite de l'ensemble du couvercle.

Dans le second cas de figure, on peut penser à nombre de romans de Perec qui mettent en scène, de manière implicite, le procédé qui a présidé à leur composition. Ainsi, dans *La Disparition* de Perec, roman où ne figure aucun mot comprenant la lettre « e », certains passages présentent des personnages à la recherche d'un livre disparu qui est, comme par hasard, le cinquième d'une série de vingt-six…

On peut penser que, dans la littérature contemporaine, cette technique participe d'une esthétique qui considère que la littérature doit se réfléchir elle-même (penser en son sein l'écriture, la littérature, la lecture…) plutôt que de vouloir réfléchir le monde.

Il convient cependant de remarquer que ce mécanisme, à l'instar de bien d'autres, pénètre de plus en plus largement d'autres types d'écrits. Ainsi, dans la littérature de jeunesse, l'album de Jean Allessandrini et Sophie Kniffe, *L'Ours qui voulait lire* (Gautier-Languereau, 1999), raconte l'histoire d'un ours qui voudrait bien lire le dernier roman de Marguerite Oursenoir mais qui en est constamment empêché. Or, le roman en question, intitulé lui aussi *L'Ours qui voulait lire*, raconte justement l'histoire d'un ours qui n'arrive pas à lire un livre…

7. Le temps de la narration

Outre les questions ayant trait à la parole, à la perspective et aux niveaux, la narration met encore en jeu une autre dimension : celle de la *temporalité*. Tout récit construit en effet de multiples relations entre deux séries temporelles : le temps, réel ou fictif, de l'histoire racontée et le temps mis à la raconter (le temps de sa narration). Quatre notions peuvent aider à analyser ces relations : le moment de la narration, la vitesse, la fréquence et l'ordre.

7.1 Le moment de la narration

Définition : le *moment de la narration* renvoie au moment où est racontée l'histoire par rapport au moment où elle est censée s'être déroulée. Trois positions de base existent.

Dans la *narration ultérieure*, position la plus classique et la plus fréquente, le narrateur raconte ce qui s'est passé *antérieurement*, dans un passé plus ou moins éloigné.

Dans la *narration simultanée*, plus rare et souvent liée à la narration homodiégétique (en « je ») avec la perspective passant par le personnage, on a l'impression que le narrateur raconte l'histoire *au moment où elle se produit*.

Dans la *narration antérieure*, très rare au-delà de passages textuels, le narrateur raconte ce qui va se passer ultérieurement, dans un futur plus ou moins éloigné. Ces passages, parfois sous forme de rêves ou de prophéties, ont donc une valeur prédictive, anticipant la suite des événements. Il ne faut cependant pas les confondre avec des genres telle la science-fiction qui peut fort bien raconter ce qui est futur *par rapport à notre monde réel* sous forme de narration ultérieure comme si cela s'était déroulé dans le passé *par rapport au moment où c'est raconté.*

7.2 La vitesse de la narration

> **Définition** : la *vitesse* désigne le rapport entre la *durée de l'histoire* (calculée en années, mois, jours, heures…) et la *durée de la narration* (ou, plus exactement, de la mise en texte, exprimée en nombre de pages ou de lignes).

Les romanciers ont très vite compris qu'il s'agissait d'une de leurs prérogatives essentielles et qu'ils pouvaient, pour des raisons d'économie ou d'effets à produire, accélérer ou ralentir à leur guise le temps mis à raconter une histoire.

On peut ainsi considérer une tendance à l'*accélération* avec l'*ellipse* et le sommaire. L'ellipse, degré ultime de l'accélération, consiste à « sauter » (à ne pas mentionner, si ce n'est parfois rétrospectivement) de la durée temporelle et des actions de la fiction, dans la narration. Dans *Le Diable amoureux* (1772) de Cazotte, le diable dissimulé sous les traits de Biondetta triomphe des résistances d'Alvare, chevalier espagnol qui, avant de l'épouser, voulait la présenter à sa mère. La scène de sexualité est totalement passée sous silence et seules les paroles de Biondetta, qui suivent le moment où Alvare fléchit, permettent de reconstituer ce qui s'est passé : « Ô mon Alvare ! s'écrie Biondetta, j'ai triomphé : je suis le plus heureux de tous les êtres. »

Le *sommaire*, étudié précédemment, peut condenser et résumer un temps de la fiction parfois très long en quelques lignes. À la différence de l'ellipse, il marque donc textuellement ce temps, même de façon minimale.

On considère que les *dialogues* et les *scènes* qui cherchent à donner l'impression que la fiction arrive directement à nos sens, visent à produire l'illusion d'une égalité temporelle entre temps de la fiction et temps de la narration.

Mais il existe encore une tendance au ralentissement produite par différents procédés : l'*expansion* de moments ou d'actions secondaires, la *répétition* d'informations, la *description* qui développe ce qui peut être saisi en un seul instant ou les *interventions du narrateur* qui ne correspondent à aucune action dans la fiction.

Ces dominantes permettent d'opposer des récits d'action qui tendront à fonctionner sur l'égalité temporelle ou l'accélération, et des récits plus psychologiques, descriptifs ou explicatifs, qui apparaîtront plus « lents » à nombre de lecteurs. Elles peuvent aussi mettre en lumière divers procédés, qui créent au travers des accélérations et des ralentissements l'angoisse, le suspense, le relâchement de la tension du lecteur, etc.

Ainsi, pour créer un effet de suspense dans le roman, il est fréquent d'ouvrir une séquence à risque pour un personnage sympathique, séquence dont la clôture est retardée par les procédés mentionnés : description (du lieu, de la peur...), insertion d'actions parallèles (par exemple des personnages qui cherchent à aider le héros), mention et expansion d'actions secondaires (le fait de se déplacer un peu, celui d'allumer une cigarette...), ajout de dialogues explicatifs entre les protagonistes, commentaires du narrateur et réitérations d'informations (concernant la situation, l'échéance...) à visée dramatisante.

7.3 La fréquence

Définition : la *fréquence* désigne l'égalité ou l'absence d'égalité entre le nombre de fois où un événement s'est produit dans la fiction et le nombre de fois où il est raconté dans la narration.

On peut distinguer trois grandes possibilités : l'égalité, l'infériorité narrative et la supériorité narrative.

Le *mode singulatif* est celui de l'égalité. Nous remarquerons cependant que le cas le plus fréquent et le plus « normal » consiste à raconter une fois ce qui s'est passé *une* fois dans la fiction. En effet, raconter *n* fois ce qui s'est passé *n* fois dans la fiction risque de paraître ennuyeux au lecteur. Ce procédé, plus rare, est donc plutôt réservé à la recherche d'effets spécifiques : marquage de l'angoisse avec la répétition d'éléments inquiétants ou montée de la folie chez un personnage qui répète les mêmes actes.

Le *mode répétitif* instaure la supériorité narrative : le texte raconte *n* fois ce qui s'est produit une seule fois dans la fiction. Cette technique est souvent liée à une vision polyscopique des événements, destinée à mettre en lumière les différences psychologiques ou l'incertitude dans l'appréhension du « réel ». C'est le cas dans le roman épistolaire du XVIIIe siècle (voir *Les Liaisons dangereuses*), dans le roman policier au XXe siècle avec les différents témoignages, ou dans certains romans contemporains où l'essentiel réside non dans l'histoire en elle-même mais dans les variations de sa perception/(re)construction. Ainsi, dans *La Jalousie*, Alain Robbe-Grillet répète plusieurs fois, en la modifiant insensiblement, la description de la mort d'un mille-pattes sur un mur.

Le *mode itératif* fonctionne, quant à lui, à partir d'une « infériorité narrative » : on raconte une seule fois ce qui s'est passé *n* fois dans la fiction. Très fréquent, ce mode se réalise souvent en relation avec l'imparfait et les sommaires. Il constitue typiquement l'arrière-plan du récit d'où émergera l'intérêt des scènes et des événements dramatiquement forts. On voit ainsi, dans ce sommaire de *Madame Gervaisais* (Edmond et Jules de Goncourt), comment la répétition de mêmes actions sur une durée assez longue est synthétisée en une seule fois :

> Le lendemain de cette grande journée de fatigue, Mme Gervaisais commençait une vie régulière, uniforme, une vie coupée de petites courses, de promenades qu'elle ne pressait pas.
> Levée, habillée à huit heures et demie, pour jouir du matin, elle faisait une marche de près de deux heures, avant la chaleur et le feu du jour.

7.4 L'ordre

> **Définition** : l'*ordre* désigne le rapport entre la succession des événements dans la fiction et l'ordre dans lequel l'histoire est racontée dans la narration.

Le cas *a priori* le plus simple est celui dans lequel l'ordre de la narration correspond à l'ordre chronologico-logique de la fiction. On le rencontre dans certains contes ou certains récits pour enfants. Mais il est, en réalité, très rare.

En effet, la plupart des récits modifient, plus ou moins fréquemment, l'ordre d'apparition des événements. Ces *anachronies* narratives vont permettre la production de certains effets, la mise en relief de certains faits, ainsi que l'exprime Louis Althusser dans *L'Avenir dure longtemps* (Stock, 1992) :

> J'avertis : ce qui suit n'est ni journal, ni mémoires, ni autobiographie. Sacrifiant tout le reste, j'ai seulement voulu retenir l'impact des affects

> émotifs qui ont marqué mon existence et lui ont donné sa forme : celle où je me reconnais et où je pense que l'on pourra me reconnaître. Ce relevé suit parfois l'ordre du temps, tantôt l'anticipe et tantôt le rappelle en mémoire : non pour confondre les moments, mais au contraire pour faire ressortir au travers de la rencontre des temps ce qui constitue durablement les affinités maîtresses et distinctes des affects autour desquels je me suis pour ainsi dire constitué.

Ces anachronies narratives peuvent être « objectives » (certaines) ou « subjectives » (incertaines). Elles se distinguent par leur portée : elles se situent à un moment plus ou moins lointain de celui où l'événement aurait dû être raconté. Elles se distinguent aussi par leur amplitude : elles couvrent une durée temporelle plus ou moins longue.

Il existe deux grands types d'anachronies narratives. L'*anachronie par anticipation*, appelée aussi *prolepse* ou *cataphore*, consiste à raconter ou à évoquer un événement *avant* le moment où il se situe « normalement » dans la fiction. C'est le cas avec les rêves prémonitoires où les prophéties qui disent à l'avance ce qui va se produire. C'est encore le cas lorsque, dans certains romans ou films policiers, on débute par une scène dramatique située vers la fin afin d'installer la tension chez le lecteur ou le spectateur…

À l'inverse, l'*anachronie par rétrospection*, appelée aussi *analepse*, *anaphore* ou *flash-back*, plus fréquente et plus connue, consiste à raconter ou à évoquer un événement après le moment où il se situe « normalement » dans la fiction. Ces analepses ont souvent une valeur explicative : éclairer le passé d'un personnage, raconter – après une entrée *in medias res* – ce qui a précédé, narrer ce qu'un protagoniste d'une histoire a vécu pendant que l'on suivait d'autres personnages (c'est le cas des récits de Cunégonde et de la « vieille » dans les chapitres VIII, XI et XII de *Candide*), etc. Certains genres sont, en grande partie, fondés sur ce procédé : le roman à énigme qui, à son issue, reconstitue le crime et ce qui l'a précédé, les récits d'amnésie ou de vengeance lorsqu'on ne dévoile au lecteur qu'à la fin ce qui explique l'histoire et faisait l'objet d'un secret.

Ces jeux avec l'ordre ont donc de multiples fonctions : « mimer » un parcours psychologique ou les formes de la mémorisation, contester l'objectivité du réalisme et la chronologie du roman classique (voir le Nouveau Roman), faire monter l'angoisse chez le lecteur en lui dévoilant à l'avance un moment ultérieur inquiétant, exciter sa curiosité en lui dissimulant des événements antérieurs…

4

La mise en texte

Après l'étude de la fiction qui régit les choix effectués dans l'univers représenté, après celle de la narration qui porte sur les choix des grands modes d'exposition-représentation de l'univers, ce chapitre sera consacré au troisième niveau que nous avons distingué : la mise en texte qui concerne les choix de textualisation : lexique, syntaxe, rhétorique, stylistique... Ceux-ci sont plus particulièrement analysés par les linguistes, les sémioticiens et les stylisticiens.

Ce niveau d'analyse présente deux spécificités. D'une part, il fonctionne en interaction forte avec les deux autres niveaux : il concrétise ou il impose des choix d'univers, de narration (homo- ou hétérodiégétique, par exemple), de perspective, etc. Mais, d'autre part, il jouit d'une certaine autonomie : à travers lui, des effets particuliers sont construits. Ils peuvent concerner les paroles des personnages, leur évolution ou même ce que l'on appelle communément le style d'un auteur.

Faute de pouvoir traiter toutes les questions en jeu à ce niveau, nous nous contenterons de préciser une des valeurs de l'opposition récit/discours : la mise en relief, l'importance des désignateurs des personnages, quelques figures de style, certains cadres pour l'analyse du lexique, avant de conclure sur quelques effets particuliers produits par le maniement de ces catégories.

1. Imparfait/passé simple : la mise en relief

L'organisation des temps verbaux dans les récits est en réalité bien plus complexe que la simple application de l'opposition récit/discours que nous avons évoquée précédemment. Elle est aussi très diversifiée en raison de la variété des effets recherchés. Il s'agit d'une forme de structuration textuelle importante qui mérite toujours d'être analysée très précisément.

Nous nous contenterons ici d'un seul exemple qui concerne un type de régularité fréquent dans les récits : l'alternance passé simple/imparfait. En effet, dans le cas des récits au passé, cette alternance présente bien souvent une valeur narrative.

Si l'imparfait n'implique pas de « bornes » quant au procès mentionné par le verbe, le passé simple en revanche le délimite tendanciellement, le clôt. Le passé simple est donc fréquemment employé pour les événements principaux de l'histoire, ceux qui font progresser l'action, ceux sur lesquels on fait porter l'éclairage. Pour reprendre les termes de Harald Weinrich (*Le Temps*, 1973), les verbes au passé simple constituent en quelque sorte le premier plan, le « squelette de l'action ». Ils se détachent ainsi de l'arrière-plan, constitué par les propositions comprenant un verbe à l'imparfait, qui participent de la compréhension mais ne font pas, véritablement, avancer l'histoire. On trouve essentiellement dans cet arrière-plan des circonstances secondaires, des descriptions, des commentaires du narrateur. Dans certains passages où cette valeur se réalise de manière exemplaire, on pourrait presque supprimer les propositions comprenant un verbe à l'imparfait, tout en conservant une « image globale » du sens du passage et de ce qui s'y passe. Ce ne serait en revanche pas le cas si l'on supprimait les propositions comprenant un verbe au passé simple.

On peut vérifier ce fonctionnement et cette valeur narrative dans l'extrait suivant du premier chapitre de *Vendredi ou les limbes du Pacifique* de Michel Tournier (Gallimard, 1969) :

> Une vague déferla, courut sur la grève humide et lécha les pieds de Robinson qui gisait face contre sable. À demi inconscient encore, il se ramassa sur lui-même et rampa de quelques mètres vers la plage. Puis il se laissa rouler sur le dos. Des mouettes noires et blanches tournoyaient en gémissant dans le ciel céruléen où une trame blanchâtre qui s'effilochait vers le levant était tout ce qui restait de la tempête de la veille. Robinson fit un effort pour s'asseoir et éprouva aussitôt une douleur fulgurante à l'épaule gauche. La grève était jonchée de poissons éventrés, de crustacés fracturés et de touffes de varech brunâtre, tel qu'il n'en existe qu'à une certaine profondeur.

2. Les désignateurs des personnages

Une autre dimension importante de la mise en texte est celle des *désignateurs* ou unités qui désignent les personnages sur lesquelles viennent se greffer des énoncés de faire et d'être.

2.1 Les catégories de désignateurs

Il existe diverses façons de classer les désignateurs en relation avec leur fonctionnement syntaxique ou avec leur valeur sémantique. Un des modes de catégorisation, parmi les plus simples à manier, consiste à les répartir en trois groupes :

– les *désignateurs nominaux* : nom, prénom, surnom, etc. ;

– les *désignateurs pronominaux* qui peuvent eux-mêmes être différenciés selon qu'ils renvoient à des protagonistes de l'énoncé (il[s], elle[s]) ou à des personnages participant de l'énonciation (je, tu, nous, vous...) ou désignés dans le contexte (celui-ci, celui-là...) ;

– les *désignateurs périphrastiques*, composés de groupes nominaux plus ou moins étendus (le fils de la concierge ; l'homme au costume noir...).

Ces désignateurs n'ont pas tous le même fonctionnement syntaxique. Ils n'ont pas non plus les mêmes valeurs sémantiques : certains désignent le personnage de façon plutôt globale et plutôt constante (le nom, par exemple) ; d'autres ne désignent qu'un aspect de la personne ou une caractéristique qui peut changer au cours du récit (la fiancée de Pierre). Cela permet un ensemble de variations sur lequel nous reviendrons (cf. 2.3 ci-après).

Mais il nous faut auparavant insister sur l'importance du nom.

2.2 Le nom des personnages

Le nom est en effet un désignateur fondamental du personnage. Il remplit plusieurs fonctions essentielles.

Tout d'abord, il « donne vie » au personnage. Comme dans la vie réelle, il fonde son identité. Par là même, il contribue à produire un effet de réel. Cet effet sera d'autant plus fort que le nom sera fabriqué selon les patrons courants. Par conséquent le nom est, en quelque sorte, l'unité de base du personnage, ce qui le synthétise de manière globale et constante.

Il identifie le personnage et le distingue des autres. Chaque mention de son nom constitue un rappel de l'ensemble de ses caractéristiques.

Complémentairement, le nom permet de classer les personnages de diverses façons :

– il renvoie à une époque (noms plus ou moins anciens, plus ou moins nobles) ;

– il renvoie à une aire géographico-culturelle (ce que l'on ressent, par exemple, dès le début des romans russes) ;

– il renvoie à un genre (prénoms des contes ; noms composés et nobles des romans de cape et d'épée ; noms surprenants des romans de science-fiction...) ;

– il distingue des groupes de personnages à l'intérieur des mêmes romans (jeunes et vieux ; pauvres et riches ; autochtones et étrangers...).

Mais, de surcroît, le nom fonctionne en interaction avec l'être et le faire des personnages. On appelle ce phénomène la *motivation* du nom, ce qui signifie concrètement que le nom programme et synthétise en quelque sorte ce qu'est et ce que fait le personnage. Cela peut s'effectuer de manière explicite et dans ce cas le lecteur s'attend, dès la première occurrence du nom, à un certain type de personnage et d'action. Ou, en revanche, se réaliser de façon plus implicite, plus complexe ou plus indirecte. Dans ce cas, le lecteur va, en fonction des qualifications et des actions des personnages, comprendre rétrospectivement le sens de leur nom.

Ainsi, certains suffixes connotent dans notre culture les aspects négatif ou « populaire » des personnages (suffixes « -uffe », « -ard »...). De même, l'ensemble du nom peut caractériser directement et globalement un personnage : Candide, Lucky Luke... Dans d'autres cas, le sens du nom peut être commenté par les personnages eux-mêmes, comme dans ce passage du début de *Germinal*, où Étienne rencontre un vieux mineur :

> – Moi, dit-il, je suis de Montsou, je m'appelle Bonnemort pour rire.
> – C'est un surnom ? demanda Étienne étonné.
> Le vieux eut un ricanement d'aise, et montrant le Voreux :
> – Oui, oui... On m'a retiré trois fois de là-dedans en morceaux, une fois avec tout le poil roussi, une autre avec de la terre jusque dans le gésier, la troisième avec le ventre gonflé d'eau comme une grenouille... Alors, quand ils ont vu que je ne voulais pas crever, ils m'ont appelé Bonnemort pour rire.

Les significations du nom peuvent aussi se dévoiler progressivement dans le texte, *via* les actions ou les descriptions. Ainsi, toujours dans *Germinal*, le premier passage du texte où Étienne assiste à la descente des mineurs dans la fosse appelée le Voreux développe la métaphore de la bête dévoreuse d'hommes :

> Il ne comprenait bien qu'une chose : le puits avalait des hommes par bouchées de vingt et de trente, et d'un coup de gosier si facile, qu'il semblait ne pas les sentir passer. [...]
> Un ordre partait du porte-voix, un beuglement sourd et indistinct, pendant qu'on tirait quatre fois la corde du signal d'en bas, « sonnant à la viande », pour prévenir ce chargement de chair humaine. [...]
> Pendant une demi-heure, le puits en dévora de la sorte, d'une gueule plus ou moins gloutonne, selon la profondeur de l'accrochage où ils descendaient, mais sans un arrêt, toujours affamé, de boyaux géants capables de digérer un peuple.

Dans d'autres cas encore, la reconstruction du rapport entre le nom du personnage et sa description nécessite une attention plus fine au texte comme dans *L'Assommoir*, où Coupeau est présenté comme un ouvrier zingueur qui travaille sur les toits et ne boit pas. On pourrait dire, sans trop forcer le trait, que son nom indique bien qu'il découpe haut et ne boit qu'un coup d'eau...

Cette motivation du nom, qui peut passer par la référence à d'autres ouvrages (le héros éponyme d'*Ulysse* de James Joyce renvoyant à celui de l'*Odyssée* d'Homère), connaît ainsi tous les degrés de la manifestation : du plus explicite au plus implicite.

2.3 Les chaînes de coréférence

> **Définition** : comme nous l'avons indiqué précédemment, les noms et les autres désignateurs s'organisent en interrelation. Lorsque des désignateurs réfèrent au même personnage et se renvoient donc l'un à l'autre, on appelle ce phénomène une *chaîne de coréférence*.

Lire et analyser un récit consiste pour une partie :
– à établir les relations entre les désignateurs qui appartiennent à la même chaîne (ce qui n'est pas évident pour de jeunes lecteurs) ;
– à comprendre pourquoi certains désignateurs sont choisis de préférence à d'autres.

En effet le choix de certains désignateurs est relativement contraint, soit par la progression de l'information (un homme... l'homme...

Pierre) ; soit par l'alternance récit-discours (*Il* prit la parole : « *Je*... ») ; soit par la place ou la fonction dans la phrase (il, lui... je, me, moi...), soit par l'avancée de l'histoire (Mlle X devient, après son mariage, Mme Y) ; soit encore par le choix de la perspective comme le signale ironiquement Jacques Roubaud dans ce passage de *La Belle Hortense* (Ramsay, 1985) :

> – Le gauche n'est pas mal non plus, dit le jeune homme, reprenant son thème conversationnel abordé dans l'autobus et abandonné depuis. Nous ne pouvons malheureusement pas le désigner autrement que par « le jeune homme », car Hortense, notre héroïne, dont nous adoptons le point de vue depuis le précédent chapitre, ignore encore son nom.

D'autres choix, en revanche, sont relativement libres et ont, dès lors, un poids d'autant plus important dans la construction des effets. Interpréter un récit passe, en grande partie, par le repérage de ces moments où le narrateur ou un autre personnage choisit d'appeler X « notre héros » ou « ce sinistre individu », « Pierre », « Monsieur Dupont » ou « mon amour ». C'est d'ailleurs le cas aussi bien dans les romans que dans les récits courants. On sait par exemple à quel point choisir, dans un fait divers, de désigner un protagoniste par « l'agresseur », « un homme de trente ans » ou « un individu de type maghrébin » peut impliquer des sous-entendus... Le « billet » d'Alain Riou dans le journal *Le Matin* du lundi 18 mai 1987 manifeste ainsi clairement le guidage du lecteur dans l'attribution de valeurs aux personnages, notamment par la progression des désignateurs (« M. Le Pen » ; « le leader du Front national » ; « l'héritier de Jeanne d'Arc » ; « le loup-garou de La Trinité-sur-Mer ») :

> M. Le Pen proteste avec violence quand on l'accuse de racisme et prétend traîner en justice Michel Noir, le courageux ministre qui vient de dénoncer le danger que fait peser le leader du Front national sur l'avenir de la France. Or, dans le même temps, l'héritier de Jeanne d'Arc laisse ses élus conduire un flirt poussé avec Jacques Blanc au conseil général du Languedoc. Pure stratégie électorale, se défend le loup-garou de La Trinité-sur-Mer, qui aura cependant de la peine à démontrer aux juges qu'il n'y a pas là une forme de ségrégation fondée sur la couleur.

On remarquera, complémentairement, le jeu sur les noms...

2.4 Les effets liés aux désignateurs

Les effets liés aux désignateurs peuvent être de différentes natures. On peut les choisir et les alterner pour obtenir des effets comiques (voir certains noms chez Molière ou Voltaire), des effets idéologiques (voir l'exemple des faits divers) ou un guidage en lecture (« notre héros », « ce personnage secondaire »).

On peut encore construire des effets narratifs tel celui, assez fréquent, du « faux inconnu » : on présente un personnage comme s'il s'agissait d'un nouveau venu dans l'histoire avant de révéler, en fin de passage, que c'est en fait un personnage déjà connu. Ainsi, dans le roman de Gary Devon, *Désirs inavouables* (Albin Michel, 1991), un personnage, Beecham, change d'apparence en achetant divers vêtements et des lunettes ; après un espace, le paragraphe qui suit se présente de la façon ci-après.

> Deux jours plus tard, dans la petite ville de Meridian, un homme poussa la porte du Delaney's Tap and Dine et entra. C'était un individu de taille moyenne, vêtu d'une tenue de travail délavée, propre mais un peu humide à cause de la chaleur écrasante. Il avait un journal plié sous le bras et portait de petites lunettes à fine monture métallique.

Il faudra attendre la fin du paragraphe suivant pour que le texte indique qu'il s'agit bien de Beecham. Victor Hugo a, à plusieurs reprises, développé ce procédé. Ainsi, dans *Les Misérables*, au livre cinquième, apparaît un « nouveau » personnage, M. Madeleine. Différents indices permettent cependant de soupçonner qu'il s'agit en réalité de Jean Valjean, mais cela ne sera définitivement confirmé qu'au troisième chapitre du livre VII.

On peut enfin manipuler les désignateurs non pour guider la compréhension mais pour la mettre en péril. Il s'agit là d'une des grandes options du roman contemporain qui, remettant en question les codes de la lisibilité classique et les habitudes de lecture, cherche par divers moyens à brouiller les repères habituels des lecteurs. Ainsi, le nom – en raison de son importance – a subi depuis le début du XXe siècle divers traitements visant à déstabiliser l'identité des personnages : utilisation d'une simple initiale (le personnage principal du *Procès* de Kafka s'appelle K.), d'un même nom pour divers personnages (Faulkner manie ce procédé dans *Le Bruit et la Fureur* ainsi que Claude Simon dans *La*

Bataille de Pharsale), de plusieurs noms pour un même personnage, de noms de personnages très proches (*Is*, *It*... dans les romans de Marie Redonnet) ou encore désignation réduite à des pronoms...

3. Quelques choix rhétoriques et stylistiques

Longtemps les auteurs ont été formés, comme tous ceux qui suivaient des études longues, à la rhétorique conçue comme art d'écrire. L'apprentissage des figures était fondamental et le « bien écrire » consistait en grande partie à savoir utiliser le répertoire des figures consacrées. De nombreux passages accumulaient et exhibaient ces procédés comme on peut s'en rendre compte avec l'extrait suivant d'*Atala* de Chateaubriand :

> La lune prêta son pâle flambeau à cette veillée funèbre. Elle se leva au milieu de la nuit comme une blanche vestale qui vient pleurer sur le cercueil d'une compagne. Bientôt elle répandit dans les bois ce grand secret de mélancolie, qu'elle aime à raconter aux vieux chênes et aux rivages antiques des mers. De temps en temps, le religieux plongeait un rameau fleuri dans une eau consacrée, puis secouant la branche humide, il parfumait la nuit des baumes du ciel.

Rétrospectivement, ce type d'écriture peut nous surprendre dans la mesure où l'apprentissage et l'usage des figures n'est plus systématique. Cependant, nombre d'entre elles sont encore présentes, voire incontournables, de manière ornementale ou structurale.

3.1 Trois grands types de figures

Comparaison, métaphore, image

> **Définition** : la *comparaison* est la figure de base de cette première catégorie fondée sur la ressemblance. Elle est sans doute incontournable, tant elle est fréquente dans nombre d'expressions courantes. Elle consiste à rapprocher deux objets, en fonction de traits postulés communs, par le moyen d'un terme de liaison. Sa structure peut être décrite de la manière suivante :
> Comparé (Cé) – Qualité commune (Qc) – Terme de liaison (TL) – Comparant (Ca)

On aura reconnu une matrice féconde de la littérature, des origines à nos jours. Par exemple : « Cette femme (Cé) est aussi (TL) belle (Qc) qu'(TL) une rose (Ca). »

> **Définition** : la *métaphore*, tout aussi courante, pourrait être décrite comme une comparaison dont on aurait effacé un nombre plus ou moins important d'éléments structuraux : le terme de liaison nécessairement, parfois le comparé et la qualité commune.

Réduite à sa forme de base (ici : « cette rose »), elle nécessite donc soit un effort de compréhension de la part du lecteur, soit un guidage contextuel important.

En réalité, dans les textes, comparaisons et métaphores se combinent souvent soit pour un effet ponctuel, soit pour un effet structurel qui va programmer le fonctionnement d'un personnage ou d'une partie de l'histoire.

Ainsi, la plupart des descriptions de *Nana*, dans le roman de Zola, la constituent, *via* comparaisons et métaphores, comme un « animal sexuel », ainsi qu'en atteste le passage suivant :

> Nana ne bougea pas. [...] Il voyait en raccourci ses yeux demi-clos, sa bouche entrouverte, son visage noyé d'un rire amoureux ; et, par derrière, son chignon de cheveux jaunes dénoué lui couvrait le dos d'un poil de lionne. Ployée et le flanc tendu, elle montrait les reins solides, la gorge dure d'une guerrière, aux muscles forts sous le grain satiné de la peau. [...] Nana était toute velue, un duvet de rousse faisait de son corps un velours ; tandis que, dans sa croupe et ses cuisses de cavale, dans les renflements charnus creusés de plis profonds, qui donnaient au sexe le voile troublant de leur ombre, il y avait de la bête.

De son côté, Victor Hugo, sur la base d'une conviction selon laquelle il existerait des correspondances entre les humains et les animaux, dresse le portrait du policier Javert, figure terrible du chien-loup qui ne cesse de pourchasser Jean Valjean dans *Les Misérables* :

> Les paysans asturiens sont convaincus que dans toute portée de louve il y a un chien, lequel est tué par la mère, sans quoi en grandissant il dévorerait les autres petits.
> Donnez une face humaine à ce chien fils d'une louve, et ce sera Javert. [...] La face humaine de Javert consistait en un nez camard, avec deux profondes narines vers lesquelles montaient sur ses deux joues d'énormes favoris. On se sentait mal à l'aise la première fois qu'on voyait ces deux forêts et ces deux cavernes. Quand Javert riait, ce qui était rare

> et terrible, ses lèvres minces s'écartaient, et laissaient voir, non seulement ses dents, mais ses gencives, et il se faisait autour de son nez un plissement épaté et sauvage comme sur un mufle de bête fauve. Javert sérieux était un dogue ; lorsqu'il riait, c'était un tigre. Du reste, peu de crâne, beaucoup de mâchoire, les cheveux cachant le front et tombant sur les sourcils, entre les deux yeux un froncement central permanent comme une étoile de colère, le regard obscur, la bouche pincée et redoutable, l'air du commandement féroce.

Dans un autre registre, la première description par Georges Simenon de Mme Maigret dans *La Première Enquête de Maigret* la présente, par le biais de la comparaison, en femme « appétissante » (il n'y a pas loin entre elle et un chou à la crème !) mais aussi nourricière (et quelque peu maternelle…). On sait à quel point elle restera associée à cette dimension dans toute la série des *Maigret* :

> Elle riait toujours quand elle s'approchait de lui le matin, une tasse de café à la main, et qu'il la regardait avec des yeux vagues et un peu enfantins.
> C'était une grosse fille fraîche comme on n'en voit que dans les pâtisseries ou derrière le comptoir de marbre des crémeries […].
>
> *La Première Enquête de Maigret*, Fayard, 1948.

La comparaison et la métaphore, comme toutes les autres figures, ne sont intéressantes que pour ce qu'elles signifient dans le projet textuel, ce qui peut considérablement varier selon époques, genres et auteurs : soumission aux normes de l'époque, volonté esthétique, aide à la compréhension (lorsque, comme dans nombre de textes de vulgarisation scientifique, ces figures associent un élément inconnu ou peu connu à un autre mieux connu du lecteur)… C'est pour cette raison que le simple relevé des figures ne suffit pas s'il n'est pas appuyé, d'un côté sur l'analyse précise des fonctionnements textuels de la figure (elle s'applique quand ? à quel élément ? sur quelle longueur ? en utilisant des éléments stéréotypés ou non ? de manière ponctuelle ou constante ? programmant ou non la suite du texte ?…), et d'un autre côté sur l'approche des effets visés.

La troisième figure que nous évoquerons est l'*image*. Cette notion peut désigner, dans une acception générale, toute production d'une représentation visuelle chez le lecteur. Mais elle a un sens spécifique chez les surréalistes qui la concevaient comme l'association la plus surprenante possible entre deux termes présentant, *a priori*, le moins de traits communs (« Le revolver à cheveux blancs » est, par exemple, le titre d'un recueil d'André Breton). La visée recherchée est d'éviter (voire même de « dynamiter ») images courantes, lieux communs et stéréotypes, afin de surprendre et d'ouvrir de nouvelles modalités d'appréhension du monde et de la réalité. André Breton cite ainsi, dans le *Manifeste surréaliste*, le poète Reverdy : « Plus les rapports entre les deux réalités rapprochées seront lointains et justes, plus l'image sera forte. »

- *Métonymie*

À la différence de cette première catégorie de figures, celles qui s'organisent autour de la *métonymie* ne se fondent pas sur la ressemblance mais sur d'autres relations qui unissent l'élément de référence et le terme qui le désigne.

Ainsi, l'effet peut désigner la cause (la *fumée* peut désigner le feu) ou la cause peut désigner l'effet (« Montrez-moi votre *travail* ».) Ainsi le contenant peut renvoyer au contenu (« boire un *verre* »), le physique au moral (« Rodrigue as-tu du *cœur* ? ») ou l'instrument à l'agent (« une fine *lame* »). Le terme de *synecdoque* est plus particulièrement réservé aux cas où un objet est désigné par l'une de ses parties : la *lame* qui désigne l'épée, le *toit* qui renvoie à la maison, la *voile* qui désigne le bateau ou le terme « mortel » à la place de celui d'« homme ».

Un des grands usages de la métonymie est lié à la description. La description du lieu d'habitation renvoie au personnage qui l'habite. L'exemple canonique est sans nul doute celui de la pension Vauquer et de ses habitants dans *Le Père Goriot* de Balzac, mais tout le roman réaliste s'est emparé de ce procédé qui est parfois exacerbé dans la littérature de grande consommation. C'est le cas dans ce passage de *La Disparition de Laura* (roman sentimental des éditions Harlequin, 1984) de Rebecca Flanders :

> C'était Amanda qui avait décoré le salon. Elle voulait créer une atmosphère gaie, fantaisiste, et y avait parfaitement réussi : les murs étaient tendus de toile abricot et jaune d'or, des tapis et des coussins bariolés jonchaient le sol, de nombreuses plantes vertes s'épanouissaient dans des macramés ; ces harmonies de couleurs se répétaient dans la cuisine, qu'un simple comptoir séparait du living-room. En découvrant ce décor charmant, les visiteurs en concluaient aussitôt que la maîtresse des lieux était une femme chaleureuse et dynamique, dotée

> d'une forte personnalité et aimant les plaisirs de la vie. Ces qualités étaient effectivement celles d'Amanda Donovan.

On a parfois voulu réduire l'écriture réaliste à un usage systématique de ces figures fondées sur une « contiguïté logique » en l'opposant à des écritures fondées sur métaphores et images. Cette opposition est sans nul doute abusive, aucune écriture ne pouvant éviter le recours à ces deux familles...

• ***Explicite et intensité***

La troisième famille que nous évoquerons ici pourrait s'organiser autour de l'*explicitation* et de l'*intensité*. D'un côté, certains textes ont tendance à privilégier la clarté, l'explicitation la plus complète, voire les effets d'intensité. Ils peuvent utiliser à cette fin divers procédés dont l'*hyperbole* qui consiste en une exagération dans les termes ou dans les comparaisons (toute chose devient fabuleuse, extraordinaire ou horrible, absolument repoussante...). C'est le cas, bien souvent, lorsque l'on recherche des effets marqués auprès d'un vaste public (roman sentimental, roman d'épouvante...). Mais ces textes peuvent aussi utiliser la *répétition*, comme c'est le cas au début du *Parfum* de Patrick Süskind (Fayard, 1986), pendant plusieurs paragraphes, pour situer l'univers au sein duquel apparaît le héros, Jean-Baptiste Grenouille, qui perçoit le monde par l'odorat.

> À l'époque dont nous parlons, il régnait dans les villes une puanteur à peine imaginable pour les modernes que nous sommes. Les rues puaient le fumier, les arrière-cours puaient le bois moisi et la crotte de rat, les cuisines le chou pourri et la graisse de mouton ; les pièces d'habitation mal aérées puaient la poussière renfermée, les chambres à coucher puaient les draps graisseux, les courtepointes moites et le remugle âcre des pots de chambre. Les gens puaient la sueur et les vêtements non lavés [...].

D'autres récits, en revanche, ont tendance à privilégier l'implicite. Ils peuvent user des *ellipses* qui n'explicitent pas une partie de la phrase (« Il faudrait voir... ») ou passent sous silence certaines paroles, voire certains événements. Ils peuvent encore viser une modulation de l'intensité par l'expression des nuances, par des *euphémismes* atténuant la force d'une idée (« une longue maladie » pour le cancer) ou même par des *litotes* qui consistent à employer une expression qui dit « moins » pour faire comprendre « plus » (telle Chimène dans *Le Cid* : « Va, je ne te hais point »). C'est le cas bien souvent, soit des romans psychologiques qui cherchent à pénétrer les méandres des sentiments amoureux, soit de la littérature contemporaine, notamment d'avant-garde, qui tente de perturber les repères du lecteur. Tout peut ainsi être implicité : les causes d'événements qui s'abattent sur les personnages (voir les romans de Kafka), le but de la quête, les émotions et les pensées des protagonistes (voir les romans de Claude Simon ou d'Alain Robbe-Grillet).

Mais, comme pour les familles précédentes, les diverses techniques se combinent dans les récits. L'intérêt n'est pas de les repérer et de s'en tenir là, mais de voir comment elles s'organisent entre elles, en vue de quel(s) effet(s), sur un fragment ou sur l'ensemble du texte…

3.2 Les « autocontraintes » contemporaines

Si la rhétorique n'a plus le même poids qu'auparavant dans la formation à l'écriture et dans sa pratique, elle a, en revanche, connu un regain d'intérêt avec des écrivains contemporains qui se sont donné à eux-mêmes des contraintes d'emploi de techniques précises. Ces techniques offrent selon eux le triple intérêt de favoriser l'entrée dans l'écriture par une règle à suivre, de « médier » la subjectivité en la coulant dans des cadres stricts, et de forcer à une attention extrême quant à la mise en texte. De surcroît, elles permettent de passer d'une conception (romantique) de l'écriture comme inspiration à une conception (plus moderne) de l'écriture comme travail.

Quelques exemples sont devenus des classiques : tels Raymond Queneau, qui, dans *Exercices de style*, réécrit de plus de cent façons différentes le même récit, ou Georges Perec, qui dans *Quel petit vélo à guidon chromé au fond de la cour* ? accumule de multiples figures qu'il récapitule dans un index final, et qui se donne comme contrainte dans *La Disparition* d'écrire un roman sans /e/, appliquant ainsi la très ancienne technique du *lipogramme* (qui consiste à écrire tout un texte en écartant une lettre donnée).

Déjà Boris Vian avait su créer un univers singulier, notamment dans *L'Écume des jours* (Jean-Jacques Pauvert, 1963), par un travail de détournement des figures :

– *images prises au pied de la lettre* :

> Messieurs, que puis-je pour vous ?
> – Exécuter cette ordonnance… suggéra Colin.

> Le pharmacien saisit le papier, le plia en deux, en fit une bande longue et serrée et l'introduisit dans une petite guillotine de bureau.
> – Voilà qui est fait, dit-il en pressant un bouton rouge.
> Le couperet s'abattit et l'ordonnance se détendit et s'affaissa.

– *personnifications et animation des non-animés* :

> Le carreau cassé commençait à repousser.

– *comparaisons et métaphores inhabituelles* :

> Des larmes grosses comme des yeux parurent au coin de ses paupières et tracèrent des sillons froids sur ses joues rondes et douces.

Cette veine d'autocontraintes a été, ces trente dernières années, particulièrement activée par des écrivains plutôt d'avant-garde : de l'Oulipo (*Ouvroir de littérature potentielle* avec Queneau, Perec ou Calvino), du Nouveau Roman (avec Claude Ollier ou Jean Ricardou, entre autres), ou de *Tel Quel* (notamment Jean Thibaudeau, Jean-Louis Baudry ou Philippe Sollers). Elle a fait l'objet d'une prouesse technique en 1986 avec *Sphinx*, le roman d'Anne Garetta qui raconte une histoire d'amour entre un narrateur – jamais nommé – et un personnage seulement désigné par la forme A+++, sans que l'on connaisse, jusqu'à la fin du roman, le sexe des protagonistes :

> De retour dans sa loge, je trouvai A+++ immobile comme en prière ou en confession, jambes fléchies, avant-bras appuyés sur un haut tabouret de bar, tout le poids de son corps s'y portant. Ses mains pendaient, poignets lâches, abandonnés. Son regard perdu dans le vide se posa sur moi lorsque j'entrai et me suivit jusqu'à ce que je vinsse m'asseoir, lui faisant face. A+++ avait alors du sphinx (ou de l'image que j'en avais) la pose dédaigneuse, l'esthétique aiguë. Je m'en fis la réflexion et, riant finalement, l'apostrophai ainsi : « mon sphinx » comme j'aurais dit « mon amour ». Nous nous tenions face à face, corps comme pétrifiés.

4. Les choix lexicaux

Les choix effectués au niveau du lexique peuvent faire l'objet de multiples analyses au travers de catégories classiques telles que : caractère « concret » ou « abstrait » du vocabulaire employé ; rareté ou non ; volonté de marquer un respect des normes, une culture classique et écrite ou tentative de mimer l'oral, de simuler les différents types d'emplois, dans les situations les plus diverses par des personnages différenciés socialement. Deux notions complémentaires peuvent accompagner ce type d'analyses.

Définition : le *champ sémantique* désigne l'ensemble des sens qu'un terme prend dans un texte donné. Il se construit par un relevé précis des occurrences de ce terme et de leur contexte (les mots auxquels il est associé ou opposé).

On peut ainsi reconstituer l'imaginaire ou l'idéologie sous-jacents à un récit. Par exemple, le champ sémantique de termes comme « femme » ou « patron » sera sans doute différent selon l'identité des auteurs, leur imagination et leur idéologie.

Définition : le *champ lexical* désigne l'ensemble des mots utilisés dans un texte pour caractériser une notion, un objet, une personne...

Il est aussi possible de repérer et d'étudier les champs lexicaux dominants d'un roman : celui de l'amour, celui de la politique, etc. On peut enfin, dans une perspective d'histoire littéraire, analyser comment certains de ces champs se transforment en relation avec les changements sociaux et culturels.

L'utilisation de ces outils méthodologiques permet, à partir d'une étude précise du vocabulaire, de fonder l'analyse des thèmes d'un roman. Cette analyse offre un éclairage complémentaire à celui du déroulement de l'histoire.

Si l'on étudie le passage suivant, situé presqu'à l'ouverture de *L'Assommoir* de Zola, à l'aide de ces techniques, on se rend compte par exemple que la misère et le délabrement du couple se lisent au travers de plusieurs champs lexicaux :

– celui de la perte d'intégrité (« brisés », « lambeau », « troué », « mangé », « ébréchée ») ;

– celui de l'altération (« déteinte », « graisseuse », « sale ») ;

– celui de l'éloignement et de la séparation (avec le préfixe « dé » : « découchait », « dépareillés ») ;

– celui de l'absence (« manquait », « vides ») :

> Quand Gervaise s'éveilla, vers cinq heures, raidie, les reins brisés, elle éclata en sanglots. Lantier n'était pas rentré. Pour la première fois, il découchait. Elle resta assise au bord du lit, sous le lambeau de perse déteinte qui tombait de la flèche attachée au plafond par une ficelle. Et, lentement, de ses yeux voilés de larmes, elle faisait le tour

> de la misérable chambre garnie, meublée d'une commode de noyer dont un tiroir manquait, de trois chaises de paille et d'une petite table graisseuse, sur laquelle traînait un pot à eau ébréché. [...] La malle de Gervaise et de Lantier, grande ouverte dans un coin, montrait ses flancs vides, un vieux chapeau d'homme tout au fond, enfoui sous des chemises et des chaussettes sales; tandis que, le long des murs, sur le dossier des meubles, pendait un châle troué, un pantalon mangé par la boue, les dernières nippes dont les marchands d'habits ne voulaient pas. Au milieu de la cheminée, entre deux flambeaux de zinc dépareillés, il y avait un paquet de reconnaissances du mont-de-piété, d'un rose tendre.

5. Les effets produits par la mise en texte

Tous les choix que nous venons d'étudier – et tous les autres possibles – ne prennent sens qu'en relation avec leur insertion et leur organisation dans le texte, en fonction d'effets à produire. Leur analyse repose sur trois moments complémentaires: leur relevé et leur identification, leur mise en rapport avec les autres composantes textuelles, la construction d'hypothèses quant aux effets qu'ils permettent d'engendrer.

Ces effets sont multiples. Nous n'en donnerons ici que trois exemples très rapides.

Ces choix peuvent contribuer, au travers des paroles attribuées aux personnages, à manifester leurs spécificités et la confrontation d'univers sociaux radicalement différents. Il en est ainsi dans *Germinal* chaque fois que mineurs et bourgeois sont face à face. Il en est de même dans cet extrait de *Nana* qui oppose le patron du théâtre, Bordenave, et un jeune noble, La Faloise, qui s'encanaille en ce lieu:

> « On m'a dit, recommença-t-il, voulant absolument trouver quelque chose, que Nana avait une voix délicieuse.
> – Elle! s'écria le directeur en haussant les épaules, une vraie seringue! »
> Le jeune homme se hâta d'ajouter:
> « Du reste, excellente comédienne.
> – Elle!.... un paquet! Elle ne sait où mettre les pieds et les mains. »
> La Faloise rougit légèrement. Il ne comprenait plus. Il balbutia:
> « Pour rien au monde, je n'aurais manqué la première de ce soir. Je savais que votre théâtre...

– Dites mon bordel », interrompit de nouveau Bordenave, avec le froid entêtement d'un homme convaincu.

Ces choix de mise en texte peuvent aussi tisser l'essentiel de l'intérêt d'un texte. Ainsi, le roman de Daniel Keyes, *Des fleurs pour Algernon*, raconte l'histoire d'un simple d'esprit, Charlie Gordon, auquel on fait subir des expériences pour développer l'intelligence. Toute l'histoire se lit à partir des comptes rendus qu'il écrit. Un extrait du premier compte rendu et un autre situé bien plus tard manifestent ainsi les métamorphoses du héros :

– *3 mars*. Le Dr Strauss dit que je devrez écrire tout ce que je panse et que je me rapèle et tout ce qui marive à partir de mintenan. Je sait pas pourquoi mais il dit que ces un portan pour qu'ils voie si ils peuve mutilisé.
– *4h30 du matin*. La solution m'est venue, alors que je somnolais. Lumineuse ! Tout se raccorde et je vois ce que j'aurais dû savoir dès le début. Assez dormi. Il faut que je retourne au labo et que je vérifie cela avec les résultats de l'ordinateur.

Des fleurs pour Algernon, Éditions J'ai lu, 1972.

Plus fondamentalement encore dans le domaine littéraire, c'est au travers des choix de mise en texte que l'on peut, en grande partie, approcher ce que l'on appelle le style d'un auteur. Ainsi, une des grandes singularités de Marguerite Duras réside dans son maniement des *désignateurs* et des *chaînes de coréférence* : possibilité pour un personnage d'être posé par un groupe nominal défini (« l'homme ») et repris par un groupe nominal indéfini (« Un homme ») ; mise en valeur du personnage par retardement de son identification nominale ; désignation d'un personnage uniquement par un groupe nominal défini, du début à la fin du texte... L'incipit et la clausule de son roman *L'Homme assis dans le couloir* (Éd. de Minuit, 1980) sont ainsi les suivants :

L'homme aurait été assis dans l'ombre du couloir face à la porte ouverte sur le dehors.

Je vois que l'homme pleure couché sur la femme. Je ne vois rien d'elle que l'immobilité. Je l'ignore, je ne sais rien, je ne sais pas si elle dort.

5

Le texte composite

Nous avons jusqu'ici considéré le récit dans sa singularité. Nous avons étudié l'organisation de ses composantes en ce qu'elles le distinguent d'autres formes textuelles. Mais il ne faudrait pas en conclure à son homogénéité. Le texte du récit est hétérogène, divers et composite, tel un habit d'Arlequin.

I. Les formes de la diversité du texte

Ce caractère composite du texte se comprend par le croisement de multiples dimensions.

1.1 L'impossible neutralité des paroles

Tout d'abord, rien n'est jamais dit ou raconté de manière neutre. Tout mot, tout énoncé correspond à un double choix fondateur : choix de ce qui est dit, choix de la façon de le dire. À ce titre, tout mot, tout énoncé, tout récit est porteur de valeurs et d'intentions qui l'opposent potentiellement à d'autres mots, d'autres énoncés, d'autres récits. À cette dimension polémique, implicite ou explicite, s'ajoute le fait qu'un récit – s'il ne veut se transformer uniquement en véhicule d'une thèse – croise plusieurs voix, en raison notamment de la multiplicité des personnages et des points de vue dont ils sont porteurs. C'est pour cette raison, entre autres, qu'à la suite des travaux de Mikhaïl Bakhtine (voir en bibliographie), on considère le roman comme fondamentalement *dialogique* et non *monologique* (même si la littérature politique – voir le *réalisme socialiste* – ou religieuse a pu, à certaines époques, tendre vers ce second pôle, celui de l'expression apologétique d'une voix unique).

1.2 La diversité séquentielle du récit

À cette première dimension s'ajoute la présence de séquences, dotées d'une organisation et d'une fonction propres, que l'on peut spécifier par l'analyse. Ainsi un récit peut alterner des *séquences narratives* (avec leur organisation en cinq étapes), des *séquences descriptives* (qui déploient les propriétés et les parties d'un personnage, d'un lieu ou d'un objet), des *séquences explicatives* (caractérisées par la construction d'une réponse sous forme d'explications à une question implicitement ou explicitement formulée). Il peut encore alterner des *séquences argumentatives* (passant d'une thèse contestée à une autre au travers d'arguments, de réfutations, de concessions...), des *séquences injonctives* (articulant des actions à faire ou à faire faire) ou des *séquences dialogales* (caractérisées par un enchaînement de répliques sous forme d'assertions ou de questions-réponses). Dans certains cas particuliers, le récit peut d'ailleurs se manifester au travers d'un type de séquence autre que narrative à l'échelle de la totalité d'un roman : ainsi le *Neveu de Rameau* de Diderot se présente sous une forme essentiellement dialogale.

1.3 Le récit comme séquence insérée

Si le récit peut intégrer en son sein divers types de séquences, il peut lui-même être intégré sous forme de séquence à l'intérieur d'un autre type de texte. On peut ainsi, dans un texte explicatif (de vulgarisation scientifique par exemple), insérer un ou plusieurs récits (d'expérience, de découverte...). On peut aussi intégrer dans un texte plutôt argumentatif (un éditorial de journal) un récit destiné à soutenir la thèse par un exemple concret ou une anecdote que l'on estime significative. C'est encore le cas, par exemple, dans les prospectus envoyés par des organismes caritatifs qui insèrent des récits mettant en scène des personnes en proie au malheur, à la guerre, à la maladie... afin de toucher la sensibilité du lecteur pour le convaincre, par des voies indirectes, d'offrir un don à l'œuvre proposée.

On le voit nettement dans l'exemple suivant où le récit est inscrit dans une lettre à visée argumentative :

> LETTRE DE *MÉDECINS SANS FRONTIÈRES*
> Médecins sans Frontières
> 68, Boulevard Saint-Marcel
> 75005 – Paris
>
> Paris, décembre 1984
>
> Madame, Monsieur,
>
> Elle s'appelle Alina. Elle était atteinte d'une « phtisie galopante », cette tuberculose pulmonaire foudroyante qui tue à coup sûr si l'on ne dispose pas de médicaments appropriés.

Et cette maladie aurait dû l'emporter...
Mais le hasard a voulu que des Médecins sans Frontières croisent sa route. Un hasard miraculeux. Et elle a été sauvée.
Quand la Land Rover est tombée en panne en pleine brousse, nous n'avons pas vu tout de suite les deux créatures blotties dans le fourré. Ce n'est qu'après quelques instants qu'une petite vieille toute maigre et fripée s'est approchée de nous, tenant par la main une petite fille affreusement décharnée. Elles étaient en train de mourir de faim.
Nous les avons ramenées au dispensaire et là, à l'aide d'une interprète, on a pu comprendre leur histoire.
Elles avaient toujours vécu dans ce village, même si la vie n'était pas facile sous le gouvernement du dictateur Idi Amin Dada.
Mais Alina se souciait peu de qui gouvernait. C'était une petite fille qui vivait avec ses frères et sœurs et ses camarades de jeux, tranquillement, dans les environs de Koroto, auprès de ses parents, ses grands-parents, ses oncles et ses tantes.
Et puis il y a eu la sécheresse dans son pays. Et avec la sécheresse la mort des troupeaux. Alina a connu la faim. Il fallait aller de plus en plus loin chercher de l'eau, du bois, de quoi se nourrir.
Un jour les soldats ont fait irruption dans le village. Ce n'était pas une armée régulière, mais une horde de pillards en déroute. Le dictateur avait été vaincu. Ses troupes s'enfuyait dans la plus grande confusion. Pourquoi ont-ils réuni tout le monde sur la place ? Pourquoi ont-ils massacré tous les habitants, hommes, femmes, enfants, vieillards... nourrissons ? Eux-mêmes auraient probablement eu du mal à le dire. Ils ont éventré les cases, volé les provisions, les quelques volailles qui s'y trouvaient.
Ce jour-là, comme tous les jours depuis le début de la sécheresse, Alina et sa grand-mère étaient parties très loin pour essayer de trouver du bois.
Quand elles sont rentrées au village, elles ont vu l'horrible carnage.
Alors elles ont recueilli les quelques provisions échappées au pillage et se sont enfoncées dans la forêt. Elles ont erré des jours et des semaines, à la recherche d'eau et de quelques aliments, se nourrissant d'insectes ou de grains.
C'est dans cette fuite qu'Alina, éprouvée par ce drame effroyable et le manque de nourriture, a attrapé sa maladie.
Elle est restée longtemps à l'hôpital des Médecins sans Frontières, entre la vie et la mort. Au début, personne n'arrivait à la faire parler, tant elle était sous le choc. Peu à peu les médicaments ont fait leur effet. Alina a commencé à se réalimenter, à tousser moins souvent, à mieux respirer. Elle s'est habituée aux gens nouveaux, à ces médecins européens qui

la soignaient. Depuis quelque temps elle a recommencé à sourire. Et même à parler. Elle est sauvée...

Voilà l'histoire d'Alina, cette enfant africaine. Mais j'aurais aussi bien pu vous parler de Saroun, le petit Cambodgien dont le pays a été ravagé par une catastrophe sans précédent ou de Karim le gosse de Beyrouth qui vit sous les bombes depuis qu'il est né. Ou de bien d'autres encore. Parce que je les ai rencontrés; parce que nous les avons soignés.

Je n'ai pas à juger. Je suis un médecin. Peu importe dans quel camp sont les uns et les autres. Je ne crois pas qu'il y ait de bons ou de mauvais blessés, de bons ou de mauvais morts. Mais ces détresses me bouleversent.

Et je sais qu'on peut faire quelque chose.

Mais sans votre aide ils ne peuvent rien.

Que peut faire un médecin sans matériel et sans médicaments? Que peut faire un chirurgien sans table d'opération et sans instruments? Que peuvent faire des équipes mobiles de vaccination sans véhicules, sans hôpitaux de campagne?

Et tout cela coûte cher. Très cher. Sans compter les billets d'avion, le logement, la nourriture, l'essence.

C'est pour cela que je m'adresse à vous aujourd'hui pour vous demander de nous aider, dans la mesure de vos moyens. Il n'est jamais très agréable de demander de l'argent. Et mon métier de médecin consiste à soigner, pas à recueillir des fonds. Mais si je sollicite votre aide, c'est que nos seuls moyens d'action proviennent de dons que nous recevons. De vous. Et de tous ceux qui nous ont fait confiance et croient en notre action. Peut-être me direz-vous qu'il n'est pas facile de faire un don substantiel en cette période de crise économique. C'est vrai. Mais la crise n'est rien en comparaison du sort quotidien des réfugiés africains. En comparaison de la vie d'Alina... et de tous les autres.

Même au milieu des difficultés que nous traversons, nous avons la chance de manger à notre faim, de pouvoir nous loger, d'être soignés lorsque nous sommes malades.

Les réfugiés africains, les enfants de Beyrouth, les martyrs du Cambodge n'ont pas cette chance.

À moins que, tous ensemble, nous décidions de les y aider.

D'avance, je vous remercie pour votre geste.

Dr Claude Malhuret
Directeur de Médecins sans Frontières

P.-S.: Puis-je vous demander quelque chose? Nous n'avons pas les moyens d'envoyer de très nombreuses lettres identiques à celles-ci. C'est pourquoi nous comptons doublement sur vous. D'une part pour

> nous renvoyer le formulaire ci-joint, avec votre don. D'autre part pour transmettre le deuxième bon à un parent ou un ami dont vous pensez qu'il serait susceptible de nous aider. Si vous pensez à plusieurs personnes, n'hésitez pas à photocopier ce deuxième bon en autant d'exemplaires qu'il faudra. Encore merci.

1.4 La diversité textuelle et les genres

La diversité textuelle – qu'elle fonctionne comme insertion du récit dans d'autres types de textes ou comme insertion d'autres types de séquences dans le narratif – est doublement régie par l'organisation en *genres*. En effet les textes se présentent sous forme de *genres* codifiés socialement et parfois esthétiquement : tracts, éditoriaux, procès-verbaux, romans, nouvelles... Ces genres contraignent les récits, d'abord en imposant des modes d'organisation, plus ou moins rigides, à la diversité séquentielle, ensuite en commandant des formes plus ou moins codées pour ces séquences. Ainsi, la fable sépare bien souvent le corps du récit (séquence narrative) et la leçon à en tirer qu'elle place au début ou à la fin sous forme de morale. Quant au roman policier à énigme, il suppose, dans sa forme classique, des explications sur le meurtre et ses raisons qui se situent à l'issue du récit, sous forme de séquence dialogale. Ces séquences, génériquement marquées, peuvent en outre être plus ou moins insérées et transformées : soit, par exemple, elles interrompent le cours de l'histoire en ne masquant pas leur caractère hétérogène, soit en revanche, elles peuvent être intégrées et adaptées, prises dans le mouvement même du récit. C'est ainsi le cas de la recette de cuisine effectuée par Cheryl dans le roman de Didier Daeninckx *Nazis dans le métro* (Éd. Baleine, 1995) :

> Cheryl haussa les épaules et fit revenir deux verres de riz basmati lavé dans de l'huile d'olive. Quand les grains devinrent translucides elle les noya sous six volumes d'eau et rajouta un bouillon cube épicé. Elle agita par trois fois les pots de romarin, de fines herbes, d'ail moulu, de basilic, de persil, d'herbes de Provence au-dessus de la casserole. Elle touilla à l'aide d'une cuillère en bois puis rajouta une bonne dose de curry qui colora la préparation. Sur l'autre feu elle faisait doucement revenir des oignons mélangés aux lambeaux de viande de poulet, qu'elle jeta dans le riz, quand l'eau se fut presque évaporée. Douze minutes plus tard, Gabriel prélevait sa première fourchetée de riz à la poêle.

1.5 Les visées du texte

La diversité du texte se comprend encore en relation avec la généricité dans la mesure où celle-ci s'articule avec les *visées du discours*. En effet, tout récit est pris dans un acte de communication, un discours, une énonciation qui comporte – directement ou indirectement, explicitement ou implicitement – des visées, des intentions, des effets recherchés. Ainsi les romans racontent une histoire et, au travers de cette histoire, ils peuvent chercher à émouvoir, à informer, à convaincre, à expliquer...

La dimension *informative-explicative* est ainsi à l'œuvre dans tout récit de façon nécessaire pour construire la fiction (nous y reviendrons) mais elle peut devenir centrale en tant qu'effet visé. Par exemple, au XIXe siècle, nombre d'auteurs ont voulu instruire les lecteurs. Ils se pensaient un peu comme des savants ou des maîtres d'école. Dès lors, le roman entier était soumis à cette visée didactique et des passages, voire des chapitres entiers, pouvaient être explicatifs (voir Jules Verne, Victor Hugo ou Eugène Sue). Le roman du XXe siècle a tendance à se méfier de cette dimension dans la mesure où elle ralentit l'histoire et la soumet à un savoir considéré comme absolu. Mais il ne faut pas oublier que la veine didactique est très ancienne : mythes et récits étiologiques (expliquant la naissance de l'univers et de l'humanité), récits paraboliques de la Bible, romans participant à l'éducation des élèves...

La dimension *argumentative*, elle aussi nécessairement à l'œuvre dans tout récit, peut devenir une visée centrale. Elle a ainsi fondé nombre de récits : fables, contes philosophiques, romans à thèse, parfois franchement politiques (voir le réalisme socialiste) ou religieux.

Susan Suleiman a étudié le roman à thèse (PUF, 1983). Elle a montré qu'il se structurait sur trois niveaux : narratif (l'histoire), interprétatif (le sens dégagé de l'histoire), pragmatique (la règle d'action dégagée du sens).

Ici encore, les romanciers du XXe siècle, notamment d'avant-garde, ont développé une grande méfiance face à ce type d'écrits et de visées, dans la mesure où *un* sens est imposé au lecteur, dans la mesure aussi où l'histoire se trouve inféodée à la thèse qui est posée de façon dogmatique.

Mais cela n'empêche pas cette veine de survivre, pour trois raisons notamment. D'abord parce que, même dominée, elle est constitutive du narratif (aucun récit ne peut échapper à un système de valeurs).

Ensuite parce qu'elle se revivifie, chaque fois que les romanciers retrouvent une dimension critique – directe ou masquée – face à un pouvoir politique jugé répressif. Enfin parce que nombre d'œuvres intéressantes, suscitées par l'actualité politique, ont pu voir le jour dans ce courant.

2. Les causes de la diversité textuelle

Les causes de l'hétérogénéité du texte sont donc multiples. Nous allons maintenant essayer de les préciser.

2.1 La construction de l'univers

Tout récit construit un univers (sur le mode réaliste ou non) et tente d'y faire croire. Cela nécessite que le narrateur et les personnages parlent, argumentent, expliquent pour poser ce monde et figurer des comportements humains. L'insertion simulée de documents sociaux (faits divers, petites annonces, tracts...) peut alors constituer une pièce de plus dans ce dispositif. Les paroles, par exemple, produisent un effet de réel en indexant un personnage à une catégorie socioculturelle censée s'exprimer de la sorte. C'est aussi le cas avec les lettres. Ainsi, dans *Bubu-de-Montparnasse* (1901) de Charles-Louis Philippe, la lettre de Berthe à Pierre (dont nous ne donnons ici que le début), en raison de la « maladresse » de l'écriture, participe de la construction sociale de l'image de la jeune femme :

> Pierre.
> J'ai reçu ta lettre qui ma rendu malade il fallait que je m'y attende à cette audace que tu ferais passé cela sur mon dos mais tu te trompe je n'ai jamais cesser de croire que c'était toi qui m'avait donné cette affreuse maladie. Mais tu as raison je n'ai jamais rien dis parce que tu m'aidais mais maintenant tu trouve que j'en ai assez comme cela mais je souffre et j'ai un chagrin a mourir et toi tu es heureux de se que tu as fait et bien d'autres encore des jeunes filles a qui tu donne quelques francs et que pour la peine quelle se sont donnés à toi tu les pourris.

2.2 L'aide à la compréhension

Les dimensions – et les séquences – explicatives ou argumentatives facilitent aussi la compréhension du texte. C'est d'ailleurs la fonction normalement dévolue aux notes en bas de page.

Ces séquences favorisent la compréhension en clarifiant l'univers fictionnel, surtout lorsque l'auteur l'estime peu connu ou ignoré des lecteurs. Ainsi, Eugène Sue ou Victor Hugo insèrent de longs passages explicatifs sur les bas-fonds, Herman Melville fait de même à propos des baleines dans *Moby Dick*. Plus récemment, Emmanuel Carrère a truffé son roman *Hors d'atteinte?* (POL, 1988), qui raconte l'histoire d'une femme prisonnière du démon du jeu, de séquences explicatives, plus ou moins narrativisées, sur l'univers du casino ; le court passage suivant est assez typique de ce procédé :

> Ainsi, à l'abri d'un rideau, dans l'embrasure d'une fenêtre, Frédérique découvrit ce qu'étaient les voisins du zéro ou de n'importe quel chiffre. C'étaient tout simplement ceux qui l'entouraient, non pas sur le tapis, mais sur le cylindre de la roulette. Cette découverte la transporta. Elle traçait une frontière entre deux façons de jouer, complémentaires et irréconciliables. L'une, évidente, se référait au tapis sur lequel, respectant une convention connue de chacun, les chiffres de 0 à 36 s'alignaient docilement. L'autre, secrète, magique, courtisait le désordre du cylindre sur le pourtour duquel le 0, le 32, le 15, le 19, le 4, le 21 voisinaient de façon aussi aléatoire qu'ils étaient susceptibles de sortir.

Ces dimensions participent encore de la compréhension en simplifiant (ou non) l'histoire et les protagonistes. De ce point de vue, l'*axiologisation* (la distribution des valeurs dans le texte) tranchée contribue à la compréhension en opposant de façon nette bons et méchants ce qui est le cas dans nombre de séries populaires ou de dessins animés pour enfants.

Elles participent enfin de la compréhension en guidant le lecteur de deux façons complémentaires. D'abord en l'aidant à reconstruire le sens. Ainsi, dans la tradition du roman-feuilleton, il n'était pas rare de voir le narrateur omniscient intervenir pour renouer le fil du récit lorsqu'il avait été perturbé (« Le lecteur doit se souvenir que nous avons abandonné X, à tel endroit, lorsqu'il se trouvait dans telle situation… »). Le début du chapitre VIII de la septième partie (comme de nombreux autres débuts de chapitres) des *Mystères de Paris* d'Eugène

Sue illustre assez bien ce procédé de recomposition de l'information narrative :

> Quelques jours après le meurtre de Mme Séraphin, la mort de la Chouette et l'arrestation de la bande de malfaiteurs surpris chez Bras-Rouge, Rodolphe se rendit à la maison de la rue du Temple.
> Nous l'avons dit, voulant lutter de ruse avec Jacques Ferrand, découvrir ses crimes cachés, l'obliger à les réparer et le punir d'une manière terrible dans le cas où, à force d'adresse et d'hypocrisie, ce misérable réussirait à échapper à la vengeance des lois, Rodolphe avait fait venir d'une prison d'Allemagne une créole métisse, femme indigne du Noir David.
> On a vu dans le dernier entretien de Rodolphe avec Mme Pipelet que celle-ci ayant très adroitement proposé Cécily à Mme Séraphin pour remplacer Louise Morel comme servante du notaire, la femme de charge avait parfaitement accueilli ses ouvertures, et promis d'en parler à Jacques Ferrand, ce qu'elle avait fait dans les termes les plus favorables à Cécily, le matin même du jour où elle (Mme Séraphin) avait été noyée à l'île du Ravageur.
> Rodolphe venait donc de savoir le résultat de la présentation de Cécily.

Ces mêmes séquences guident ensuite le lecteur dans l'interprétation elle-même : par les jugements insérés dans le discours du narrateur, par la morale...

2.3 La production de l'intérêt

Toutes les dimensions du texte ainsi que leur articulation ne peuvent s'appréhender qu'en relation avec la recherche de l'intérêt du lecteur. On peut alors comprendre que la diversité séquentielle constitue un moyen de conserver l'attention en *variant* les formes : récit, description, dialogue...

C'est aussi une manière de *jouer sur l'être et le paraître*, en donnant ou en retardant des informations importantes pour l'intrigue. Si expliquer dès le départ le véritable rôle d'un personnage facilite la lecture, tromper le lecteur ou maintenir une ambiguïté qu'on ne lèvera qu'ultérieurement peut permettre de ménager des effets de surprise.

Manipuler différentes formes de séquences favorise encore le jeu sur le rythme en accélérant ou en ralentissant l'avancée de l'histoire. Ainsi, une séquence explicative initiale peut contribuer à faire pénétrer le lecteur plus facilement dans une phase de l'histoire. Mais une séquence explicative, insérée au cœur d'un processus d'action peut, en revanche, retarder son issue et intensifier un suspense.

Ces questions se posent de manière particulièrement cruciale au début des textes où il s'agit de concilier deux objectifs relativement antagonistes : introduire le lecteur dans un univers qu'il faut lui présenter, mais aussi capter son intérêt pour l'histoire qui va se dérouler. Au XIXe siècle, des romanciers tel Balzac ont opté pour une longue séquence de présentation de l'univers avant d'entrer dans le vif du sujet. Peu à peu, pour surmonter les réticences d'une partie du lectorat qui trouvait cette entrée en matière quelque peu fastidieuse, les romanciers ont préféré débuter par une entrée *in medias res* (narrative, dans le cours de l'action), quitte à donner les informations utiles à la compréhension du cadre, dans une analepse explicative, suivant cette ouverture. Mais cette technique peut, en fait, apparaître à n'importe quel moment du roman. Ainsi, le chapitre LXXIV de *Madame Gervaisais* des frères Goncourt se conclut par la phrase suivante :

> Elle demeurait quelques mois ainsi perplexe, et finissait par se laisser attirer au renom de sainteté et de rigueur d'un homme qui venait de restaurer le vieil ordre des Trinitaires.

Et le chapitre suivant consiste en une séquence explicative sur cet ordre, dont nous ne donnons que le début :

> Une règle d'une extrême rigueur que celle des *Trinitaires déchaussés*. Dans le principe, ils ne pouvaient manger ni chair ni poisson. En voyage, ils ne pouvaient se servir de chevaux : l'humble monture des ânes leur était seule permise, d'où le surnom familier et populaire de « Frères des ânes » par lequel ils sont désignés dans un document, daté de Fontainebleau, en l'an 1330.

2.4 L'inscription dans des genres

Construction de l'univers, aide à la compréhension et production de l'intérêt sont étroitement tributaires de l'inscription des récits dans des genres qui déterminent les types d'effets et les formes de combinaison séquentielle.

Ainsi, nous avons vu que le roman à énigme se caractérise – entre autres – par la présence, à sa clôture, d'une séquence explicative et dialogale. Il se caractérise encore par la production de l'intérêt autour de l'être et du paraître : tous les personnages sont suspects, tous ont des alibis et quelque chose à dissimuler... De surcroît, dans ses formes classiques, le roman à énigme se fonde sur un jeu intellectuel : le lecteur doit disposer des mêmes informations que le détective pour tenter de découvrir avant lui le suspect. Ce dispositif suppose un nombre important de séquences dialogales (les interrogatoires), un souci important de mise en texte d'*indices* et de *leurres*, et donc un travail très fouillé autour du savoir.

De son côté, la science-fiction a comme spécificité, pour une partie de sa production, de susciter l'intérêt pour des mondes différents du nôtre. La construction même de l'univers – *via* des séquences descriptives ou explicatives – conquiert alors une place centrale dans la production de l'intérêt.

2.5 Les visées esthétiques

Ces formes d'articulation de dimensions et de séquences hétérogènes, constamment à resituer dans l'histoire culturelle, se comprennent enfin en rapport avec le positionnement esthétique des romans.

Ainsi, pendant longtemps, les dimensions explicative ou argumentative ont paru « naturelles » dans l'univers romanesque. Elles sont devenues suspectes, particulièrement depuis la fin du XIXe siècle, pour de nombreuses raisons :

– elles apparaissent comme les moins spécifiques au littéraire (un roman ne doit pas être un essai, une thèse ou un manuel...) ;
– elles s'opposent tendanciellement à l'intérêt pour l'intrigue ;
– elles traitent le lecteur comme un élève qu'il faudrait guider pour qu'il comprenne le sens de l'histoire et sa « bonne » interprétation.

En fonction de ces critiques, trois grandes voies ont été plus particulièrement explorées : l'accent porté essentiellement sur le narratif au détriment des autres dimensions ; la suspension du sens par différents procédés (ironie, indécision, polysémie...) ; le recours aux dimensions explicatives ou argumentatives de façon parodique ou à l'appui de thèses (politiques, sociales, culturelles...) opposées aux thèses courantes ou dominantes (ce que déjà, le marquis de Sade avait réalisé...).

En tout cas, pour le dire assez abruptement, à un roman au sens clair et unique (monologique), la littérature contemporaine d'avant-garde a tendance à préférer un roman au sens brouillé ou aux sens multiples (dialogique). De ce point de vue, on peut sans doute considérer l'écrivain Kafka comme un des grands précurseurs (voir *Le Procès* ou *La Métamorphose*).

3. Analyser la diversité du texte

L'analyse de la diversité du texte peut se concevoir en suivant trois grandes étapes que nous allons maintenant présenter.

3.1 Repérage et analyse interne des séquences

Le repérage des diverses séquences se fonde notamment sur l'appréhension de leur organisation spécifique : comme les séquences narratives, les autres catégories de séquences ont une structure plus ou moins rigide et conventionnelle. La connaissance de ces éléments structuraux permet alors d'étudier comment une séquence singulière spécifie les lois générales de sa catégorie.

Par exemple, la *description* peut se définir comme la construction d'un référent (personnage, lieu, objet...) non chronologisé (non organisé autour d'une succession d'événements situés dans le temps). Différents éléments structuraux la composent :

– la *mention du référent* décrit qui peut être implicite ou explicite, située à l'ouverture ou à la clôture de la séquence descriptive ;

– la *construction/déconstruction* du référent au travers de ses propriétés et de ses parties ;

– la *mise en situation* du référent dans l'espace et dans le temps ;

– la *mise en relation* du référent avec d'autres référents (par le biais de comparaisons, de métaphores, de négations...) ;

– la *disposition des propriétés et des parties* au sein de *plans* conventionnels (spatiaux, temporels, énumératifs...), marqués par des connecteurs spécifiques (d'abord/puis/ensuite... ; à gauche/à droite... ; devant/plus loin... ; en haut/en bas...) qui vont organiser cette matière et donner l'impression d'un mouvement (de l'observateur ou de l'observé), voire d'une temporalité.

La description suivante, issue de *La Bête humaine* de Zola, manifeste bien ces diverses composantes :

> Six heures sonnaient. Roubaud sortit de la halle couverte, d'un pas de promenade ; et, dehors, ayant devant lui l'espace, il leva la tête,

> il respira en voyant que l'aube se levait enfin. Le vent du large avait achevé de balayer les brumes, c'était le clair matin d'un beau jour. Il regarda vers le nord la côte d'Ingerville, jusqu'aux arbres du cimetière, se détacher d'un trait violacé sur le ciel pâlissant ; ensuite, se tournant vers le midi et l'ouest, il remarqua au-dessus de la mer un dernier vol de légères nuées blanches qui nageaient doucement en escadre ; tandis que l'est tout entier, la trouée immense de l'embouchure de la Seine, commençait à s'embraser du lever prochain de l'astre. [...] Cet horizon accoutumé, le vaste déroulement plat des dépendances de la gare, à gauche l'arrivage, puis le dépôt des machines, à droite l'expédition, toute une ville semblait l'apaiser, le rendre au calme de sa besogne quotidienne, éternellement la même. Par-dessus le mur de la rue Charles-Laffitte, des cheminées d'usine fumaient, on apercevait les énormes tas de charbon des entrepôts qui longent le jardin Vauban. Et une rumeur montait déjà des autres bassins [...].

La mention du référent est en partie implicite car celui-ci est déjà apparu dans le roman : la vue du Havre à partir de la gare, et en partie explicite : « C'était le clair matin d'un beau jour. » Cette mention est située à l'ouverture de la séquence descriptive. Le référent est construit au travers de diverses parties et propriétés (« la côte d'Ingerville », « le ciel », « la mer », « les nuées blanches », « l'embouchure de la Seine »). Le référent est mis en relation avec d'autres par le biais de métaphores (les nuées qui « nageaient », la trouée qui « s'embrase »). La *disposition* des propriétés et des parties est assurée essentiellement par des plans spatiaux marqués par des connecteurs spécifiques (« vers le nord », « vers le midi et l'ouest », « l'est » ; « à gauche », « à droite » ; « par-dessus ») et par des plans *temporels-énumératifs* (« ensuite », « puis ») qui produisent l'impression du mouvement du regard de Roubaud et de sa temporalité (marquée aussi par la précision croissante des verbes de perception : « il regarda », « il remarqua »).

3.2 L'insertion des séquences dans le récit

La seconde étape de l'analyse consiste à étudier l'insertion des séquences dans l'ensemble du récit : nombre, place, mode d'intégration.

Le *nombre* de séquences délivre déjà des informations intéressantes. Ainsi, un certain nombre de romanciers de la fin du XIXe siècle (Huysmans, les frères Goncourt...) ont développé une esthétique au sein de laquelle les descriptions devenaient pléthoriques au détriment de l'intrigue. Au XXe siècle, plusieurs membres de l'école du Nouveau Roman (Alain Robbe-Grillet notamment) ont fait de même pour contester l'intérêt porté à l'intrigue qu'ils estimaient « facile » et illusoire. D'un autre côté, certains romans se singularisent par l'absence de certaines séquences. *Un homme qui dort* de Georges Perec ne comporte aucun dialogue, ce qui contribue à souligner l'isolement du personnage principal.

La place des séquences fournit d'autres informations. Les séquences de certains types sont-elles groupées ou disséminées ? et pourquoi ? Une séquence explicative est-elle située au début (pour construire l'univers), au milieu (pour apporter des informations complémentaires) ou à la fin (pour délivrer la solution) ?

Le *mode d'intégration* est tout aussi intéressant. Ainsi la séquence étudiée peut tendanciellement rompre de façon nette le cours de la narration ou, du moins, s'en distinguer clairement : insertion d'une lettre ou d'un fait divers, description assumée par le narrateur etc. Elle peut, en revanche, tendre à se fondre dans la narration qui efface au maximum les signes démarcatifs. On l'a vu précédemment avec la recette de cuisine dans le roman de Didier Daeninckx. Un des moyens essentiels pour réaliser cet effacement consiste à déléguer la prise en charge de ces séquences aux personnages (et non plus au narrateur) qui dialoguent, expliquent et argumentent entre eux. Elles apparaissent alors comme le produit des activités des protagonistes. Ainsi, pour motiver la description et tenter de mieux l'intégrer dans le cours du récit, les romanciers naturalistes – Zola particulièrement – l'ont fait assumer soit par la vision, soit par la parole, soit par l'action d'un personnage. Ce dispositif était complété par un système de justifications : *pause* dans l'action principale (le besoin de se reposer, le fait d'arriver en avance...), mention d'un *espace-temps propice* (hauteur, fenêtre...), *situation* spécifique (découverte, explications d'un autochtone à un étranger...), etc. Ainsi la description de *La Bête humaine* étudiée précédemment est prise en charge par le regard de Roubaud. La pause dans l'action principale est soulignée dans le paragraphe qui précède, consacré à l'activité de Roubaud, qui se clôt par la phrase suivante : « Et, alors seulement, il put souffler un instant dans la gare redevenue déserte et silencieuse. »

Elle est reprise au début de la séquence notamment par le « pas de promenade » lorsqu'il sort de la halle. Ce sont les mêmes éléments qui vont clore la séquence et ramener le lecteur vers l'action avec la phrase qui suit la séquence : « Comme Roubaud rentrait sous la halle couverte, il trouva l'équipe qui commençait à former l'express de six heures quarante [...]. »

La mention d'un espace-temps propice à la description est constituée par la sortie de la halle (plus rien ne s'interpose entre Roubaud et l'espace), par l'aube (la fin de la nuit) et par le vent du large qui a balayé les brumes : le jour est clair et beau.

3.3 Les fonctions des séquences

Les deux premiers temps de l'analyse ne prennent véritablement leur sens qu'avec le troisième qui consiste en une interprétation du sens à donner au repérage et à l'insertion des séquences.

Dans cette perspective, la compréhension des fonctions dans l'économie du texte et de la lecture tient une place importante. Par exemple, les séquences descriptives peuvent assumer ou non une *fonction mimésique* en produisant ou non l'illusion de la réalité par les modes de présentation de l'espace-temps, des personnages, des objets... Elles peuvent encore – et cela fut exacerbé par certains romanciers du XIXe siècle – soutenir la *fonction mathésique*, c'est-à-dire la diffusion des savoirs à l'intérieur du texte. En effet, les descriptions constituent un des lieux propices à la « naturalisation » d'un discours documentaire que le romancier cherche à faire partager à ses lecteurs. Les écrivains contemporains ont eu tendance à alléger ce type de descriptions devant les risques de didactisme, d'ennui ou d'incompréhension du lecteur face au vocabulaire technique... Les séquences descriptives participent aussi de la construction de l'histoire et de son intérêt. À ce titre, elles assument, sous des formes très diversifiées, une *fonction narrative* :

– elles clarifient, fixent et mémorisent (ou, à l'inverse, elles dissimulent) des informations sur les personnages et les lieux ;

– elles construisent l'*atmosphère* (et, conséquemment, la prévisibilité de certains événements : voir les bas-fonds de la ville ou les châteaux, la nuit...) ;

– elles participent de l'*axiologisation*, de l'évaluation positive ou négative des éléments de l'histoire ;

– elles contribuent à la dramatisation en ralentissant le déroulement de l'histoire à un moment crucial ;

– elles peuvent encore disposer, de façon évidente ou non, des indices quant à la suite de l'histoire...

Ces fonctions sont cependant à analyser soigneusement dans la mesure où elles peuvent s'inscrire seulement au niveau de la fiction (entre les personnages) ou participer aussi du niveau narratif (entre narrateur et narrataire) ou encore s'inscrire uniquement à ce second niveau(cela renvoie à la distinction entre *savoir énonciatif* et *savoir énoncif* que nous avons effectuée dans le chapitre 3).

Ces fonctions sont aussi à étudier avec attention dans la mesure où plusieurs d'entre elles peuvent se combiner au sein d'un même passage, comme c'est le cas au début du premier chapitre du roman d'Eugène Sue, *Les Misères des enfants trouvés*. Dans cet extrait en effet, la description, qui donne à voir sous forme réaliste une métairie (fonction mimésique), explique au lecteur une réalité qu'il ne connaît pas (fonction mathésique), tout en la dénonçant (fonction axiologique) :

> Le soleil allait bientôt se coucher lorsque Beaucadet, accompagné de ses gendarmes, et résolu d'opérer l'arrestation de Bruyère, s'était dirigé vers la métairie de Grand-Genévrier, appartenant au comte Duriveau et dépendant de sa terre du Tremblay.
> Il serait difficile de donner à ceux qui n'ont pas vu la plupart des métairies de cette époque de cette partie de la Sologne la moindre idée du révoltant aspect de ces tanières fétides, délabrées, insalubres même pour les bestiaux, où végètent pourtant les métayers, leurs domestiques et leurs journaliers, presque toujours hâves et languissants ; car d'incessantes et terribles fièvres, causées par les exhalations délétères d'un terrain spongieux, imbibé d'eaux croupissantes, exténuent ces populations, affaiblies déjà par une détestable et insuffisante nourriture.
> La métairie du Grand-Genévrier était ainsi nommée à cause d'un genévrier colossal, au moins deux fois centenaire qui s'élevait non loin de ces bâtiments d'exploitation et du logement du fermier. Le tout se composait d'une espèce de parallélogramme de masures dégradées, crevassées, construites en *pisé*, sorte de mortier fait de terre et de sable auquel, lorsqu'il était à l'état liquide, on donne un peu plus de cohésion en y ajoutant du foin haché.
> La toiture, effondrée en de nombreux endroits, était recouverte, ici de tuiles ébréchées, rongées par la mousse ou la vétusté, là de chaume à demi pourri par l'humidité, plus loin de touffes de genêts desséchés, amoncelés sur une charpente boiteuse. [...]

Ces fonctions sont encore à mettre en relation avec le caractère *monologique* ou *dialogique* du texte que nous évoquions précédemment. En effet, les séquences concourent à la clarté et à la stabilité du sens (cas le plus fréquent dans la production romanesque) ou, à l'inverse à son caractère trouble et instable. Dans ce second cas, il peut s'agir simplement d'un moment lié à la production d'un effet (de surprise, par exemple), d'une des dimensions d'un genre donné avant la clarté finale (roman policier ou d'espionnage…) ou encore de la structuration même de romans, notamment d'avant-garde, qui contestent les principes littéraires classiques et bousculent les habitudes de lecture. Ainsi, *Molloy* (Éd. de Minuit, 1951) de Samuel Beckett se tisse tout entier sur l'absence de stabilité du sens, posée dès les premières lignes et jamais démentie par la suite :

> Je suis dans la chambre de ma mère. C'est moi qui y vis maintenant. Je ne sais pas comment j'y suis arrivé. Dans une ambulance peut-être, un véhicule quelconque certainement. On m'a aidé. Seul je ne serais pas arrivé. Cet homme qui vient chaque semaine, c'est grâce à lui peut-être que je suis ici. Il dit que non.

Comme on peut s'en rendre compte, les séquences, quelle que soit leur nature, peuvent contribuer à élaborer un texte tendanciellement monosémique en participant de la clarté et de la stabilité du sens. Ce texte monosémique emprunte sans arrêt à d'autres discours sociaux (explicatifs, descriptifs, argumentatifs…) sur le monde : discours quotidiens, politiques, de la presse, de la science… Ces emprunts sont plus ou moins partagés et consensuels ou non. Ainsi ces romans – même s'ils participent tous d'une esthétique commune et dominante de l'univocité, de la *monologie* – peuvent être immédiatement recevables par le plus grand nombre ou rejetés en fonction de leurs références affichées à des thèses politiques marquées ou à des principes trop « moraux » (littérature d'église) ou trop « immoraux » (Sade). Si, à l'inverse, le sens n'est ni stable ni univoque, si les emprunts sont masqués, détournés ironiquement ou hétérogènes, voire contradictoires, ces romans témoignent plutôt d'une esthétique de la *polysémie*, du *dialogisme* que l'avant-garde romanesque du XXe siècle a fortement revendiquée.

Ainsi, les séquences et leur organisation assument non seulement des fonctions « internes » au récit mais ont aussi, fonctionnellement, un grand rôle dans la détermination de l'esthétique au sein de laquelle s'inscrit un roman…

6

Le texte ouvert

Comme nous l'avons déjà signalé à plusieurs reprises, l'approche narratologique se veut *interne*, considérant le texte essentiellement comme un ensemble linguistique clos. Cette clôture est un parti pris méthodologique, nécessaire pour ne pas mélanger les problèmes et pour se centrer sur les procédures de construction et de fonctionnement du sens à l'œuvre *dans* le texte en faisant abstraction – autant que faire se peut – de ses relations au « hors texte ». Mais il convient de ne pas confondre ce parti pris méthodologique avec la réalité et la totalité des fonctionnements textuels. En effet, aucun texte ne peut faire sens en dehors de ses renvois aux autres textes et aux réalités du monde. Il faut donc construire, le plus précisément possible, les modalités de ces renvois. Ce sera l'objet de nos deux points consacrés au réalisme et à l'intertextualité.

I. Les références au monde

Tout discours, tout texte, tout récit renvoie au monde. Il ne peut faire autrement puisque – comme l'a bien montré Umberto Eco dans *Les Limites de l'interprétation* (1992) à la suite de nombreux autres sémanticiens – on ne peut construire un univers fictionnel et le comprendre sans référer à nos catégories de saisie du monde. Tout objet, personnage ou lieu d'un récit, aussi surprenant soit-il, est constitué au travers de déformations, ajouts, suppressions, entorses, par rapport à ceux que nous connaissons déjà. Même les êtres les plus étranges des romans de science-fiction ou d'épouvante l'attestent nettement. La description, désormais bien connue, des Martiens dans *La Guerre des mondes* (1898) de Herbert George Wells illustre clairement ces principes. Même si le narrateur insiste sur le côté extraordinaire de ces êtres, il les décrit au travers de catégories – animales ou humaines – de notre univers :

> Je crois que tout le monde s'attendait à voir surgir un homme – possiblement quelque être un peu différent des hommes terrestres, mais,

en ses parties essentielles, un homme. Je sais que c'était mon cas. Mais, regardant attentivement, je vis bientôt quelque chose remuer dans l'ombre – des mouvements incertains et houleux, l'un par-dessus l'autre – puis deux disques lumineux comme des yeux. Enfin, une chose qui ressemblait à un petit serpent gris, de la grosseur environ d'une canne ordinaire, se déroula hors d'une masse repliée et se tortilla dans l'air de mon côté – puis ce fut le tour d'une autre.
Un frisson soudain me passa par tout le corps. [...] Je demeurai ainsi pétrifié et les yeux fixes.
Une grosse masse grisâtre et ronde, de la grosseur à peu près d'un ours, s'élevait lentement et péniblement hors du cylindre. Au moment où elle parut en pleine lumière, elle eut des reflets de cuir mouillé. Deux grands yeux sombres me regardaient fixement. L'ensemble de la masse était rond et possédait pour ainsi dire une face : il y avait sous les yeux une bouche, dont les bords sans lèvres tremblotaient, s'agitaient et laissaient échapper une sorte de salive. Le corps palpitait et haletait convulsivement. Un appendice tentaculaire long et mou agrippa le bord du cylindre et un autre se balança dans l'air.
Ceux qui n'ont jamais vu de Martiens vivants peuvent difficilement s'imaginer l'horreur étrange de leur aspect, leur bouche singulière en forme de V et la lèvre supérieure pointue, le manque de front, l'absence de menton au-dessous de cette bouche, le groupe gorgonesque des tentacules, la respiration tumultueuse des poumons dans une atmosphère différente, leurs mouvements lourds et pénibles, à cause de l'énergie plus grande de la pesanteur sur la terre et par-dessus tout l'extraordinaire intensité de leurs yeux énormes – tout cela me produisit un effet qui tenait de la nausée. Il y avait quelque chose de fongueux dans la peau brune huileuse, quelque chose d'inexprimablement terrible dans la maladroite assurance de leurs lents mouvements.

La Guerre des mondes, trad. fr. Mercure de France, 1950.

Les textes ne peuvent donc pas ne pas référer au monde. Ils le font cependant avec une plus ou moins grande conformité et à l'aide de multiples procédés.

1.1 Le réalisme

Définition : lorsque le texte procure une impression, un *effet de réel*, ce qui est le cas le plus fréquent dans notre tradition romanesque, on parle de *réalisme*. Il s'agit d'un *effet* de ressemblance construit par le texte et par la lecture entre deux réalités hétérogènes : le monde linguistique du texte et l'univers du hors texte, linguistique ou non (paroles, objets, personnes, lieux, événements...).

Cet effet excède les mouvements littéraires du XIXe siècle (réalisme, naturalisme...) auxquels on le réduit trop souvent. En effet, même si ceux-ci lui ont donné ses lettres de noblesse et ont codifié un certain nombre de techniques sur lesquelles une grande partie du roman contemporain vit encore, ils l'ont intégré dans une esthétique spécifique (opposée notamment au romantisme) et historiquement marquée. Or l'effet de réel existe avant ces courants, continue après eux, et peut se marier avec différents projets esthétiques.

Cela signifie notamment que le réalisme, en tant qu'effet est toujours tributaire de représentations historiques du monde et des textes : son importance et ses formes sont variables selon les époques (ce qui semble réaliste à un moment historique donné ne l'est pas nécessairement avant ou après, en raison des mutations sociales, culturelles, technologiques...) et selon les genres (qui possèdent chacun des conventions régissant ses formes et ses fonctions). Ainsi, le conte se soucie fort peu de réalisme. En revanche, aussi surprenants que soient certains de leurs éléments, les romans fantastiques, d'épouvante ou de science-fiction s'attachent à les rendre acceptables, vraisemblables, réalistes, à l'aide de multiples procédés. Si globalement, le genre n'apparaît pas comme réaliste, il peut cependant construire incessamment des effets de réel pour faire croire à ses chimères à l'aide de techniques précises.

1.2 « Naturaliser » la narration

Une des grandes familles de procédures employées pour construire l'effet de réel consiste à « naturaliser » la narration. Il s'agit de faire en sorte que le discours (narration, mise en texte) qui met en place la fiction ne puisse être suspecté. Il ne doit pas constituer un obstacle à la croyance au monde et à l'histoire racontés. Plusieurs grandes techniques ont été expérimentées.

L'une d'entre elles – assez fréquente au XVIIIe siècle – consiste à *justifier l'origine de l'histoire* : l'éditeur, l'auteur ou le narrateur indiquent en préambule au lecteur qu'ils l'ont reçue d'une personne digne de foi et que cela est véritablement arrivé. Ainsi, de façon très typique à cette époque, le roman de l'abbé Prévost, *Mémoires et Aventures d'un homme de qualité*, est précédé par une « Lettre de l'éditeur ». Elle commence ainsi :

> Cet ouvrage me tomba, l'automne passé, entre les mains, dans un voyage que je fis à l'abbaye de... où l'auteur s'est retiré. La curiosité m'y avait conduit. J'étais bien aise de connaître un homme si digne de compassion par ses malheurs, et si estimable par la fermeté d'âme avec laquelle il les a supportés. Tous ceux qui ont quelque commerce avec les Pères... ne sauraient ignorer le nom de cet illustre aventurier : je serai néanmoins fidèle à la promesse que je lui ai faite, de ne le pas placer à la tête de son Histoire. Je ne l'ai obtenue de lui qu'à cette condition ; et l'honneur ne me permet pas d'y manquer.

Elle se conclut par les trois phrases suivantes :

> Si l'on trouve dans cette histoire quelques aventures surprenantes, on doit se souvenir que c'est ce qui les rend dignes d'être communiquées au public. Des événements communs intéressent trop peu, pour mériter d'être écrits. Le style est simple et naturel, tel qu'on le doit attendre d'une personne de condition, qui s'attache plus à l'exactitude de la vérité, qu'aux ornements du langage.

De façon très différente – essentiellement aux XIXe et XXe siècles – les techniques employées vont tendre à occulter l'indication de l'origine et effacer au maximum les signes de l'énonciation comme si le discours était « transparent », comme si on ne pouvait mettre en doute la véracité de l'histoire. La narration se veut alors la moins subjective possible, la plus sérieuse (sans ironie), avec peu de marques de distance, de modalisation ou d'emphase, à l'opposé du roman-feuilleton, caractérisé au XIXe siècle par un discours narratif truffé de marques émotionnelles. Les incipits sont donc particulièrement travaillés dans l'écriture réaliste. Ils constituent un lieu stratégique dans la mesure où la naturalisation de la narration – en l'occurrence son « effacement » derrière un monde posé comme absolument réel – se joue dès l'entrée dans le texte :

> Dans la plaine rase, sous la nuit sans étoiles, d'une obscurité et d'une épaisseur d'encre, un homme suivait seul la grande route de Marchiennes à Montsou, dix kilomètres de pavé, coupant tout droit, à travers les champs de betteraves.
>
> Zola, *Germinal*.

> Claude passait devant l'Hôtel de Ville, et deux heures du matin sonnaient à l'horloge, quand l'orage éclata.
>
> Zola, *L'Œuvre*.

> Jeanne, ayant fini ses malles, s'approcha de la fenêtre, mais la pluie ne cessait pas.
>
> Maupassant, *Une vie*.

De façon presque inverse, les romanciers contemporains ont de plus en plus construit l'effet de réel en relation avec la subjectivité. La croyance en une vérité « objective » d'un monde « objectif » s'étant estompée, l'effet de réel se fonde plutôt sur l'adhésion à une vision subjective, personnelle. Les combinaisons, telles que narration hétérodiégétique avec la perspective passant par le personnage, ou narration homodiégétique avec la perspective passant par le narrateur ou l'acteur, sont alors privilégiées :

> Le mieux serait d'écrire les événements au jour le jour.
>
> J.-P. Sartre, *La Nausée*, 1938.

> Aujourd'hui maman est morte.
>
> A. Camus, *L'Étranger*, 1942.

> Ah ! cette chambre ! non, n'essayez pas de venir me voir ; j'y suis mieux barricadé que si elle avait des centaines de verrous et des chiens policiers.
>
> J. Cayrol, *Je vivrai l'amour des autres*, 1947.

De surcroît, certains auteurs ont combiné humour et esthétique de la réflexivité pour mettre en place des incipits qui encodent en quelque sorte les problèmes de lecture ou d'écriture liés à l'entrée dans le texte ou encore qui parodient soit les entrées réalistes traditionnelles (*cf.* Queneau), soit leur fonction d'invitation à la lecture (*cf.* Bénabou) :

> Le vingt-cinq septembre douze cent soixante quatre, au petit jour, le duc d'Auge se pointa sur le sommet du donjon de son château pour y considérer, un tantinet soit peu, la situation historique. Elle était plutôt floue. Des restes du passé traînaient encore çà et là, en vrac. Sur les bords du ru voisin, campaient deux Huns ; non loin d'eux, un Gaulois, Eduen peut-être, trempait audacieusement ses pieds dans l'eau courante et fraîche. Sur l'horizon se dessinaient les silhouettes molles de Romains fatigués, des Sarrasins de Corinthe, de Francs anciens, d'Alains seuls. Quelques Normands buvaient du calva.
>
> R. Queneau, *Les Fleurs bleues*, 1965.

> Allons, pose ce livre. Ou plutôt jette-le loin de toi. Tout de suite. Avant qu'il ne soit trop tard. Pas d'autre issue pour toi, crois-moi, que cette résolution.
> Et maintenant, lève la tête. À tes yeux depuis longtemps fatigués, propose le repos des horizons infinis, des grands espaces ponctués seulement d'arbres, de rochers, de nuages. Détourne-les de ces lignes perverses.
>
> M. Bénabou, *Jette ce livre avant qu'il ne soit trop tard*, Seghers, 1992.

1.3 Préciser l'espace-temps

L'esthétique réaliste a insisté sur l'importance des catégories d'espace et de temps. En effet, les romans réalistes se présentent comme des « tranches de vie », découpées dans l'histoire de « personnes réelles », appartenant à « notre univers ». Pour réaliser cela, ils doivent donner l'impression que le temps du roman n'est qu'un fragment du temps commun de l'humanité et que l'espace du roman correspond – au moins partiellement – au nôtre. Cela se réalise à l'aide de multiples procédés :

– multiplication d'indications spatio-temporelles à l'aide de catégories et de noms attestés hors du texte : années, dates, heures, lieux, etc. ;

– intrication entre histoire du roman et histoire de l'humanité par le biais de personnages « référentiels » (hommes politiques, célébrités...), de types sociaux (ouvriers, paysans...), d'événements ou de lieux retenus par la mémoire collective, etc. ;

– renvois au passé des personnages (souvenirs, hérédité, événements antérieurs...) et à leur avenir plus ou moins prévisible pour conforter l'idée que le roman est un découpage dans une histoire qui a commencé avant (d'où les entrées *in medias res*) et qui continuera après ;

– présence de personnages et de scènes typiques dont la fonction est de justifier ces informations (médecins, amis de la famille, amis d'enfance ; baptêmes, mariages, enterrements...).

La grande majorité des écrivains du XIXe siècle ont usé de ces procédés. Stendhal, notamment, dans *La Chartreuse de Parme*, a confronté ironiquement son héros Fabrice aux acteurs réels des campagnes napoléoniennes :

> En revenant se ranger à la queue des autres hussards restés à quelques pas en arrière, il vit le plus gros de ces généraux qui parlait à son voisin, général aussi, d'un air d'autorité et presque de réprimande ; il jurait. Fabrice ne put retenir sa curiosité ; et, malgré le conseil de ne point parler [...], il arrangea une petite phrase bien française, bien correcte, et dit à son voisin :
> – Quel est-il ce général qui *gourmande* son voisin ?
> – Pardi, c'est le maréchal !
> – Quel maréchal ?
> – Le maréchal Ney, bêta ! Ah çà ! où as-tu servi jusqu'ici ?
> Fabrice, quoique fort susceptible, ne songea point à se fâcher de l'injure ; il contemplait, perdu dans une admiration enfantine, ce fameux prince de la Moskowa, le brave des braves.

1.4 Construire le vraisemblable

L'effet de réel s'appuie encore sur le *vraisemblable* en tendant à exclure l'extraordinaire (trop fréquent et non justifié), les incohérences, les ambiguïtés. Le système « cause-conséquence » est donc essentiel pour l'enchaînement et l'explication des actions. Il repose en majeure partie sur la psychologie des personnages qui motive leurs actes et sur leur construction comme personnes « ordinairement possibles » (et non héroïques) prises dans des séries événementielles « normalement » attestables (excluant l'extraordinaire des contes, du fantastique, de l'épouvante, du roman-feuilleton...).

Ainsi les personnages sont explorés dans leurs dimensions les plus quotidiennes (lever, coucher, repas...). Ils sont affublés de noms motivés par des connotations nationales ou sociales, voire expliqués au cours de scènes typiques (baptêmes, présentation...). Ils se définissent par la répétition d'informations identiques fournies à l'occasion de leurs activités privées ou professionnelles. La fonction métonymique des descriptions de leurs lieux d'habitation et de travail vient renforcer cela. Il s'agit de les « fixer » et de comprendre leur « fonctionnement » d'êtres ordinaires et non plus de héros. Dès lors, les distorsions entre leur être et leur paraître sont, soit plus réduites, soit mieux expliquées : les révélations ou coups de théâtre du roman-feuilleton tendent à disparaître. Ils sont aussi moins univoques : les traits positifs et négatifs sont mieux répartis entre les différents personnages.

La motivation des actions exclut encore l'excès : événements extraordinaires ou trop inattendus (voir la place du hasard et des coïncidences dans le roman-feuilleton), passages trop brusques de scènes euphoriques à des scènes dysphoriques... La construction de l'effet réaliste se fonde en grande partie sur la réduction des incertitudes et des surprises de l'histoire. Il s'appuie fondamentalement sur la clarté et sur la justification de l'enchaînement des actions et non sur ce qui les conteste et les suspend. Tout cela explique l'impression de *prévisibilité* souvent ressentie.

On comprend mieux alors pourquoi certains romanciers ou nouvellistes contemporains se sont attaqués à ce système du vraisemblable, comme Jacques Sternberg dans sa nouvelle « La distorsion » : les incohérences apparentes, la suspension du système cause-conséquence, l'indétermination de la psychologie des personnages, l'enchaînement « anormal » des événements, l'incertitude globale, tendent à dérouter les mécanismes habituels de lecture et à provoquer des effets importants de surprise et d'étrangeté.

> Il avait quitté le domicile conjugal pour prendre l'air et acheter des cigarettes. Il s'attarda un quart d'heure en vidant un verre au comptoir.
> Quand il revint chez lui, il constata avec stupeur que sa femme, elle, avait eu le temps de prendre un amant qui l'avait mise enceinte et le nouveau-né qu'elle tenait dans ses bras devait bien avoir un mois.
> – Où donc es-tu resté ? lui demanda-t-elle en le voyant entrer. Je finissais par m'inquiéter et j'ai laissé le rôti trop longtemps au four.
>
> « La distorsion », dans *Histoires à dormir de vous*, Denoël, 1990.

Il en va de même dans le texte suivant de Raymond Queneau (« Untel II », dans « Un jeune français nommé Untel, I, II » dans *Contes et propos*, Gallimard, 1981), qui provoque un effet d'absurdité au travers d'entorses au réalisme telles l'usage de patronymes non discriminants, l'importance accordée au hasard, les incohérences des actes et de la psychologie des personnages, l'effet de surprise final, le commentaire du narrateur :

> 3 juillet
> En revenant des courses, les deux frères Smith avaient pris un taxi avec un jeune Français nommé Untel. Eux avaient gagné ; il était probable que lui avait perdu. Ils descendirent à l'Opéra avec l'intention d'aller boire un verre au Pam-pam. Le taxi, payé, disparut dans la direction du Palais-Royal. C'est alors que l'aîné des frères Smith, il se nommait Arthur, constata qu'il n'avait plus son portefeuille. Son frère cadet, il

se nommait également Arthur, suggéra qu'il l'avait sans doute oublié dans le taxi. Un inspecteur de la Sûreté qui se trouvait là comme par hasard se mêla de cette histoire et se vanta de retrouver en très peu de temps le portefeuille perdu.
– Retrouver un portefeuille perdu dans un taxi, c'est l'enfance de l'art, affirma-t-il.
– Permettez, dit Untel. Avant de commencer vos recherches, je désirerais que vous me fouilliez. Je veux qu'aucun soupçon ne pèse sur moi.
– Mais personne ne vous soupçonne, dirent en cœur les frères Smith.
– Je désire être fouillé, affirma Untel d'un ton déclamatoire.
– C'est bien pour vous faire plaisir, dit l'inspecteur, qui retrouva dans les poches du jeune homme non seulement le portefeuille de Smith aîné, mais encore celui de Smith cadet.
Tout le monde était stupéfait. Untel détala.
– Inutile de courir, lui cria le policier. Je sais qui vous êtes. Je vous attraperai quand je voudrai.
De l'autre côté du boulevard, Untel hurla :
– Non, vous ne m'attraperez pas !
À ce moment une Hispano 54 CV passait ; elle venait d'obtenir un Premier Grand Prix d'Honneur au concours d'Élégance Automobile.
Untel sauta dedans et sourit.
– Ah, mourir dans une Hispano, murmura-t-il béatement et, sortant un révolver de sa poche, se tua.
Quel sale snob !

R. Queneau, *Contes et propos* © Gallimard, 1981.

1.5 Apprendre et comprendre

Le souci didactique a accompagné très fortement l'esthétique réaliste. Les romans devaient s'appuyer sur des connaissances, en produire et les communiquer, pour instruire le lectorat. Ainsi, Zola, dans *Le Roman expérimental*, après avoir rappelé les thèses de Claude Bernard, écrit :

> Eh bien ! en revenant au roman, nous voyons également que le romancier est fait d'un observateur et d'un expérimentateur. L'observateur chez lui donne les faits tels qu'il les a observés, pose le point de départ, établit le terrain solide sur lequel vont marcher les personnages et se développer les phénomènes. Puis l'expérimentateur paraît et institue l'expérience, je veux dire fait mouvoir les personnages dans une histoire particulière, pour y montrer que la succession des faits y sera

> telle que l'exige le déterminisme des phénomènes mis à l'étude. [...] Le romancier part à la recherche d'une vérité.

Même si ce souci didactique, cette volonté d'instruire, a été très largement contesté et euphémisé au XXᵉ siècle, il n'en continue pas moins d'accompagner l'effet de réel (puisque les informations et le savoir cautionnent et motivent la fiction) et de se manifester à travers divers procédés :

– cela peut se traduire par des renvois à l'image sous toutes ses formes (plans, diagrammes...) ; la caution du *visible* (voir l'importance du regard) est en effet essentielle comme forme de construction-attestation du réel ;

– cela peut aussi se concrétiser par la présence récurrente de personnages qualifiés comme garants de l'information (médecins, savants, techniciens...), supports de séquences descriptives ou explicatives, et chargés de motiver l'insertion d'un lexique spécialisé ;

– cela peut encore se manifester sous la forme d'un désir d'exhaustivité : tout montrer d'un milieu ou d'une vie (de la naissance à la mort, du succès à l'échec...), tout inventorier et tout classer, multiplier les détails... ;

– cela peut enfin se renforcer de préfaces ou de postfaces explicitant et soulignant le souci didactique, la recherche des sources et des témoins, etc.

2. Les références aux textes

> **Définition** : tout récit s'inscrit dans une culture. À ce titre, il ne renvoie pas seulement aux réalités extra-linguistiques du monde mais aussi aux autres textes, écrits ou oraux, qui le précèdent ou qu'il accompagne et qu'il reprend, imite, modifie... Ce phénomène est généralement appelé *intertextualité*. Gérard Genette, qui l'a étudié dans son ouvrage intitulé *Palimpsestes* (1982), préfère le nommer *transtextualité* et le spécifier en cinq types de relations possibles.

2.1 L'intertextualité

> **Définition** : Gérard Genette réserve le terme d'*intertextualité* à « la relation de coprésence entre deux ou plusieurs textes » qui se concrétise le plus souvent par « la présence effective d'un texte dans un autre ».

Cette relation peut s'actualiser selon trois grandes formes: la *citation*, forme la plus littérale et la plus explicite; le *plagiat*, littéral mais non explicite; ou l'*allusion*, moins littérale et fonctionnant en partie sur de l'implicite.

Cette relation est omniprésente, quels que soient ses formes et ses enjeux: référence à de grands prédécesseurs, ironie... On l'analyse en précisant le type d'emprunts, la forme d'intégration, les effets visés. Mais il est certain que le repérage même des emprunts dépend, d'une part, de son marquage plus ou moins net dans le texte, d'autre part, de la culture du lecteur. Par exemple, il faut savoir que la première phrase de *L'Étranger* d'Albert Camus est: « Aujourd'hui, maman est morte. », pour bien saisir les implications d'un des derniers paragraphes du récit d'Annie Ernaux, *Je ne suis pas sortie de ma nuit* (Gallimard, 1997), qui relate la fin de sa mère, atteinte de la maladie d'Alzheimer: « La première fois que j'ai écrit "maman est morte". L'horreur. Je ne pourrai jamais écrire ces mots dans une fiction. »

Cette importance de la culture du lecteur pour l'appréhension des emprunts est valable aussi bien pour les écrits des siècles antérieurs dont l'intertexte ne nous est pas familier, que pour des romans contemporains que certains auteurs (Eco, Perec...) s'amusent à « truffer » de références plus ou moins accessibles.

Une des formes ludiques de l'intertextualité, maniée par certains écrivains, consiste à s'emparer de pistes non explorées de romans classiques. Ainsi, Raymond Jean ouvre son livre *Mademoiselle Bovary* (Actes Sud, 1991) par les lignes suivantes:

> On peut lire dans les toutes dernières lignes de Madame Bovary, à propos du destin de la petite Berthe, la fille d'Emma: Quand tout fut vendu, il resta douze francs soixante et quinze centimes qui servirent à payer le voyage de Mlle Bovary chez sa grand-mère. La bonne femme mourut dans l'année même; le père Rouault étant paralysé, ce fut une tante qui s'en chargea. Elle est pauvre et l'envoie pour gagner sa vie, dans une filature de coton.
> Ce qu'on sait moins, c'est que Berthe, au terme des années passées dans cette filature, connut une étrange aventure.
> Et c'est cette aventure que le roman va conter...

2.2 La paratextualité

> **Définition**: la *paratextualité*, que Gérard Genette a systématiquement étudiée dans *Seuils* (1987), désigne les relations que le texte

> entretient avec trois autres types d'écrits : le livre lui-même en tant qu'objet et les écrits qui le composent (bande, jaquette, format, couverture, titre, épigraphe, préface...) ; les écrits qui précèdent et accompagnent la composition du livre (notes, esquisses, brouillons...) ; certains commentaires autographes ou non qui l'environnent...

Ces composantes sont importantes en ce qu'elles déterminent souvent le choix de l'ouvrage par les lecteurs, leur mode de lecture, leurs attentes, en ce qu'elles influent aussi sur le sens du texte.

Pour ne prendre ici qu'un seul exemple, il est intéressant de comparer les textes sur la quatrième de couverture (au dos du livre) du même ouvrage (ici *La Bête humaine*) dans différentes collections, ciblant chacune un public différent.

Ainsi, dans l'édition « Garnier-Flammarion » (1972) visant plutôt un public universitaire, on ne trouve qu'une citation, d'un critique célèbre (à l'époque), mettant l'accent sur la dimension générique :

> ... une épopée préhistorique sous la forme d'une histoire d'aujourd'hui.
>
> Jules Lemaître.

L'édition « J'ai lu » (1979), quant à elle, semble élargir le public potentiel en articulant une courte présentation historique (mais axée sur débats et succès) et un résumé qui met l'accent sur métier, sexe et violence :

> *La Bête humaine* qui parut en 1890 est le dix-septième des vingt romans qui forment la fresque des Rougon-Macquart. Comme *Germinal*, *La terre, etc.*, l'œuvre suscita des polémiques et connut un grand succès.
> Il aime son métier, Jacques Lantier, le mécanicien du *Le Havre-Paris*, il aime surtout sa machine, sa locomotive « douce et obéissante » qu'il a prénommée la Lison. Cette entente entre elle et lui est comme un refuge... C'est que Lantier tente de fuir les femmes car le désir charnel se double en lui d'un irrésistible désir de meurtre. Une obscure pulsion... Une tare héréditaire ?
> Avec Séverine, il a cru à une douce amitié mais bientôt un amour exigeant les emporte... Et quand Séverine lui avoue qu'elle a pris part à un crime, alors, plus rouges et sauvages que jamais, se lèvent en lui les images mêlées de la chair et de la mort...
> Mais la violence n'est-elle que dans l'homme ? Livrée à elle-même, aveugle et sourde, la machine n'est-elle pas, elle aussi, porteuse de mort ?

Quant à la version « Presses Pocket » (1978), en offrant un passage résumé, centré sur sexe et mort et en éliminant toute référence à l'histoire littéraire, elle semble jouer sur des motivations courantes pour un large public, en dehors de toute spécificité littéraire :

> Les dents serrées, n'ayant plus qu'un bégaiement, Jacques cette fois l'avait prise ; et Séverine aussi le prenait. Ils se possédaient, retrouvant l'amour au fond de la mort dans la même volupté douloureuse des bêtes qui s'éventrent pendant le rut. Leur souffle rauque, seul, s'entendit. Au plafond, le reflet saignant avait disparu ; et, le poêle éteint, la chambre commençait à se glacer, dans le grand froid du dehors. Pas une voix ne montait de Paris ouaté de neige. Un instant, des ronflements étaient venus de chez la marchande de journaux à côté. Puis, tout s'était abîmé au gouffre noir de la maison endormie.

Les historiens du livre et de la lecture ont multiplié les études sur la question de la paratextualité lors des dernières décennies, montrant comment les livres n'ont cessé de changer de forme en relation avec les mutations techniques (développement de l'imprimerie, diversification des formats, apparition de la couverture et du titre...) modifiant de façon importante les pratiques de lecture et les effets de sens (par exemple, les jeux sur la typographie).

De leur côté, les chercheurs regroupés dans le courant de la *génétique textuelle* analysent de plus en plus précisément « l'avant-texte » (les écrits qui précèdent et accompagnent la production du roman) pour essayer de mieux cerner le travail de création littéraire : le projet, les stratégies d'écriture (très planifiées ou non), les modes de correction, etc.

Ce qui est en jeu, au travers de ce courant, concerne donc non seulement la connaissance de l'écriture (littéraire ou non, narrative ou non...), non seulement la connaissance de la manière dont un auteur singulier réalise un écrit donné, mais encore de la façon dont les sens possibles se précisent, s'élaborent, se déplacent, se modifient... dans la genèse même du texte.

2.3 La métatextualité

> **Définition** : pour Gérard Genette, la relation de *métatextualité* est celle de la relation critique, du commentaire, « qui unit un texte à un autre texte dont il parle », explicitement ou implicitement.

Cette relation – classiquement externe dans la mesure où le commentaire critique est un autre genre que le roman et s'en distingue par son auteur, ses formes, son lieu d'édition – peut cependant être insérée dans un roman qui commente, ponctuellement ou non, visiblement ou non, un ou plusieurs autres écrits. Voltaire, dans *Candide*, ne cesse de commenter la *Théodicée de Leibniz*. Au XXe siècle, Philippe Sollers commente systématiquement dans ses romans de nombreux autres textes. Dans ce cas, la métatextualité est très proche de l'intertextualité. Plus récemment encore, François Bon, dans son livre intitulé *Parking* (Éd. de Minuit, 1996), réunit, dans un seul et même ouvrage, un récit, sa version théâtrale et des commentaires sur l'écriture du récit.

Il est aussi fréquent de voir le commentaire critique repris, notamment à des fins publicitaires et sous forme de citations, sur la quatrième page de couverture du livre. Dans ce cas, la métatextualité tend à se confondre avec la paratextualité.

Comme on le voit les frontières sont poreuses et les relations transtextuelles s'articulent incessamment les unes aux autres.

2.4 L'hypertextualité

> **Définition** : l'*hypertextualité* est la relation qui unit un texte B à un texte A qui lui est antérieur et avec lequel il ne se situe pas dans un rapport commentatif mais d'imitation ou de transformation, à des fins ludiques, satiriques ou sérieuses.

En fait, cette relation est bien connue sous le nom de « textes au second degré », regroupant *pastiches* (centrés sur l'écriture), *parodies* ou *transpositions* (par exemple les réactualisations incessantes des mythes : Faust, Hamlet, Don Juan...). Gilbert Lascault, dans *Le Petit Chaperon rouge, partout* (Seghers, 1983), systématise les transpositions avec plus de quarante versions du conte célèbre qui devient une sorte de matrice de dérives narratives, longues ou courtes, où l'imaginaire compte plus que la fidélité au texte « d'origine » comme l'attestent les versions suivantes :

> Un scaphandrier explore l'épave du *Titanic*. Dans une cabine, il découvre quelques lambeaux d'étoffe rouge, un dentier de vieille femme, des os de loup, un petit pot qui aurait pu, jadis, contenir du beurre.
>
> En Russie, au XVIIIe siècle, la cabane de la grand-mère du Petit Chaperon Rouge marche sur des pattes de poule. Le loup a beau courir derrière la cabane, il n'arrive pas à la rattraper. Fatigué, il s'allonge sur le sol. Le Petit Chaperon Rouge se sert alors de son corps comme d'un paillasson : elle s'y essuie les sabots. Humilié, le loup meurt.

Ici encore, l'analyse se doit d'être précise. Quel est le(s) texte(s) (tous ceux d'un auteur, par exemple) ou le genre repris ? La reprise est-elle locale ou globale, explicite ou implicite ? Quels sont les procédés employés (exagération ; transposition dans un autre espace-temps ; inversion des rôles ; opposition entre le statut d'un personnage et ses actions ou sa façon de parler ; systématisation d'une figure de style...). Quels sont les effets visés : comique, critique... ?

2.5 L'architextualité

> **Définition** : l'*architextualité* est souvent considérée comme la relation la plus abstraite. Elle désigne l'inscription d'un texte dans un genre.

Cette relation est fondamentale aussi bien pour la production du texte (qui s'inscrira dans des codes préétablis) que pour sa réception. En effet bien souvent les lecteurs ont des genres préférés (ce qui détermine leurs achats ou leurs emprunts) et les modes de lecture varient selon les genres (on lira sans doute différemment un roman policier à énigme et un roman érotique).

La relation architextuelle est fortement revendiquée (c'est un argument de vente) dans la production romanesque de masse. Elle est clairement indiquée par la couverture, le titre, les personnages, le scénario, etc. En revanche, elle tend à être euphémisée dans la production littéraire d'avant-garde. En effet, nombre d'auteurs considèrent que l'œuvre originale est justement celle qui sort des cadres génériques. Il faut cependant bien convenir qu'il est difficile de produire une œuvre sortant de toutes les catégories connues. Cela explique le fait que les romanciers novateurs aient souvent repris – même pour les contester – des trames et des thématiques bien établies. Ainsi les auteurs du Nouveau Roman (Alain Robbe-Grillet notamment) ont pu subvertir les cadres du roman policier ou du roman d'espionnage.

Il reste encore un autre problème non résolu en relation avec cette notion d'*architextualité*. En effet, la notion de genre est sans aucun doute l'une des plus utiles et des plus employées dans la critique littéraire. Mais cela ne saurait faire oublier qu'elle est en même temps l'une des plus difficiles à définir. Elle mélange, de fait, des critères portant sur les formes, sur les contenus thématiques, sur les effets visés... Elle est, de surcroît, une des catégories les plus variables historiquement. Cela explique les changements de classement au cours de l'histoire ou certains débats entre les critiques quant au genre auquel appartient telle œuvre.

Il n'en reste pas moins vrai que les analyses textuelles ont sans doute intérêt à étudier le plus précisément possible les différents genres (légitimes ou de la littérature de masse ; littéraires ou non littéraires) et cela pour deux raisons essentielles :

– d'une part, parce que le niveau générique constitue indéniablement un garde-fou utile face à deux dérives potentielles : celle qui constituerait, en travaillant trop dans l'indistinction des écrits, à construire des modèles d'une telle généralité qu'ils se révéleraient de peu d'utilité pour l'analyse des textes singuliers ; celle qui, à l'inverse, en s'attachant uniquement à tel ou tel écrit, générerait un commentaire dont l'intérêt serait réduit au seul texte étudié ;

– d'autre part, parce que chacun des genres porte l'accent sur certaines dimensions spécifiques des récits, dominées ou fonctionnant différemment dans d'autres genres ; ce faisant il produit une sorte d'effet de loupe mettant en valeur tel ou tel phénomène constitutif du narratif : le jeu avec le savoir dans le roman à énigme, le descriptif dans la science-fiction…

2.6 Les références aux écrits non littéraires

Gérard Genette a essentiellement envisagé ces cinq types de relations dans un cadre littéraire. Mais les romans réfèrent constamment à d'autres discours sociaux (quotidiens, publicitaires, politiques, scientifiques…) comme nous l'avons vu dans le chapitre précédent. Cela invite à porter attention à deux types de phénomènes.

En premier lieu, le *réalisme*, que nous avons étudié comme effet, se construit moins dans un renvoi direct au monde extralinguistique que comme renvoi à des *discours sur le monde*. L'effet de réel pourrait ainsi se comprendre comme reconnaissance de discours déjà connus, déjà lus, déjà entendus. Il passe en effet souvent par des clichés, des lieux communs, des stéréotypes, des expressions figées… ce que l'on appelle la *doxa* : un discours sur le monde relativement consensuel, partagé dans une communauté culturelle. Si, pour une bonne part, la littérature de masse n'hésite pas à y prendre appui, c'est en revanche une des obsessions de la littérature d'avant-garde, depuis la fin du XIXe siècle, de s'en distinguer afin de marquer sa spécificité. Que ce soit en cherchant des thèmes surprenants, en prenant des positions singulières, en construisant des formes de discours très particulières, ou que ce soit par la parodie ou l'ironie, suivant ainsi la voie tracée par Gustave Flaubert depuis *Bouvard et Pécuchet* ou le *Dictionnaire des idées reçues*, ouvrage dans lequel les définitions proposées sont, généralement, des stéréotypes véhiculés par les discours « courants ». Le terme « courtisane » se voit ainsi défini par les poncifs de l'époque :

> Est un mal nécessaire. Sauvegarde de nos filles et de nos sœurs tant qu'il y aura des célibataires. Devraient être chassées impitoyablement. On ne peut plus sortir avec sa femme à cause de leur présence sur le boulevard. Sont toujours des filles du peuple débauchées par des bourgeois riches.
>
> Flaubert, *Dictionnaire des idées reçues*.

En second lieu, le roman peut être caractérisé par des emprunts multiples et variés, détournés, mis à distance, confrontés, ou bien il peut se référer à un seul type de discours (théorique, politique...), non distancié. Dans ce cas, il tend à devenir un roman à thèse assujetti à des considérations extralittéraires. Ce fut le cas fréquemment dans le passé (littérature religieuse, réalisme socialiste...). C'est encore le cas à l'heure actuelle avec des romans qui, du coup, s'exposent à des critiques idéologiques (SAS...). Cette tendance est, en revanche, au moins à l'heure actuelle, dénoncée par les écrivains « de recherche » qui privilégient la dimension dialogique du roman.

Lectures et interprétations

I. Lectures

L'« ouverture » dont nous venons de parler au chapitre précédent est sans doute inscrite dans le texte mais elle reste virtuelle tant qu'elle n'est pas concrétisée par des lectures. Cette actualisation est cependant fort variable selon les catégories de lecteurs suscitant, à partir d'un même écrit, des interprétations différentes.

Ainsi, *Le Petit Prince* de Saint-Exupéry, que les spécialistes lisent parfois de manière philosophique, est certainement apprécié d'une autre façon par de jeunes lecteurs. Ainsi, les comportements des personnages de livres (ou de films) diffusés dans le monde entier sont appréciés de façon très différente selon les pays.

Deux problèmes ont, dans cette perspective, particulièrement intéressé les théoriciens du texte et de la lecture. Le premier concerne les principes de variations de ces lectures, leur poids respectif ainsi que leurs modes d'articulation. En effet, les lectures varient notamment selon :

– les catégories de perception des sujets ;

– leurs savoirs sur le monde et les textes qui peuvent être plus ou moins érudits : conséquemment, un lecteur possédant des connaissances sur le conte philosophique, sur la culture et sur la société au XVIIIe siècle, ne lira pas de la même façon *Candide* qu'un lecteur dépourvu de ces connaissances ; de la même façon, l'interprétation des conduites d'un personnage dépendra sans doute des savoirs que possède un lecteur sur les codes génériques au sein duquel le texte s'inscrit et sur les codes sociaux en usage dans l'espace-temps où il se situe ; cela explique, par exemple, que la conduite de la Princesse de Clèves vis-à-vis de son mari ait perdu pour de jeunes lecteurs contemporains l'aspect novateur qu'elle avait à l'époque ;

– les valeurs, différentes selon l'âge, le sexe, le pays, l'époque ;

– les goûts pour la lecture en général, pour tel genre, pour tel univers, pour tel type d'histoire... ;

– les modes de lecture (qui peuvent être littéral ou métaphorique ; attentif à tout ou de survol ; impliqué ou distancié ; ...) ;

– les projets et les usages qui sous-tendent la lecture et l'articulent à des visées de connaissance, de loisir, d'utilité, etc.

Le second problème concerne l'acceptabilité des lectures et des variations de sens produites. Jusqu'à quel point les lectures sont-elles légitimes, à partir de quel moment peut-on parler de faux-sens ou de contre-sens ? Umberto Eco notamment (voir bibliographie) s'est attaché à préciser d'un côté les *droits du texte* (ce qui contraint les lectures) et, de l'autre, les *droits du lecteur* (l'espace interprétatif qui lui est autorisé à partir des droits du texte).

Dans cette perspective, le rôle de la narratologie (ainsi que d'autres types d'analyse : linguistique, thématique...) peut être triple :

– analyser le texte qui est reconstruit au travers de telle ou telle lecture (qui accentue, oblitère, modifie... certaines dimensions du texte de départ) ;

– aider à analyser *comment* le lecteur a modifié au travers de sa lecture le texte initial ;

– contribuer à étayer les jugements d'acceptabilité en fonction de l'analyse *objectivable* du texte source.

2. Analyses

À la différence du fonctionnement empirique des lectures courantes, les analyses ont une vocation théorique. Elles objectivent leurs interprétations au travers de métatextes organisés et s'appuient sur un certain nombre de principes complémentaires.

• Elles définissent les questions auxquelles elles tentent de répondre et qui portent soit sur le texte lui-même (Comment est-il organisé ? Que « dit-il » au-delà du sens apparent ou immédiat ?...), soit sur les relations entre texte et auteur (Pourquoi ces choix ? Dans quelle(s) intention(s) ? Quelle évolution dans la production des récits selon l'âge ? Quelles variations selon les cultures ?...), soit sur les relations entre texte(s) et récepteurs (Quelles interprétations ont été produites ? Par qui ? Pourquoi ?...), soit encore sur les relations entre texte et monde (Comment l'univers de référence est-il construit ? Quels aspects sont sélectionnés ?...) ou entre texte et texte(s) (Quelles relations ce texte entretient-il avec ceux qui le précèdent, avec ceux qui lui sont contemporains, avec ceux qui le suivent ?...)... Il convient encore de préciser ici que ce que nous avons nommé « texte » peut en réalité varier considérablement : il peut en effet s'agir d'un thème, d'une figure de style, d'une composante (personnage, intrigue...), d'une forme (description, dialogue...), d'un texte, d'un groupement de textes (d'un auteur, d'un genre, d'une époque, ou encore réunis par une technique partagée ou un thème commun) ou d'un ensemble plus vaste (l'ensemble des récits, l'ensemble des récits d'une époque...), voire des états successifs d'un texte (notes, plans, brouillons...).

• Elles précisent leur *cadre théorique de référence*, en général issu des sciences humaines (linguistique, histoire, sociologie, psychologie, psychanalyse...), les concepts qu'elles utilisent (texte, récit, société, auteur...) ainsi que les principes qu'elles privilégient (unité ou pluralité, homogénéité ou tensions internes...). Ainsi, par exemple, pour certains psychanalystes, les récits et plus particulièrement les contes, sont, à l'instar des rêves, la projection d'un fantasme. Mais celui-ci pour être figuré doit contourner la censure au travers d'une série de transformations qui lui donnent une forme de surface acceptable.

• Elles objectivent, autant que faire se peut, leur *démarche* et leur *méthode* d'analyse : modes de segmentation du texte, types d'unités retenues, relations établies entre texte-source, autres textes, monde, auteur, lecteur... Pour reprendre notre exemple précédent, dans le cadre de certaines approches psychanalytiques, la méthode consistera en partie à repérer les transformations effectuées entre contenu latent et contenu patent au travers des « condensations » (plusieurs personnes sont figurées par un seul et même personnage textuel : un monstre qui « représente » tous ceux qui peuvent être considérés comme des agresseurs), des dissociations (plusieurs personnages textuels figurent une seule personne : la bonne mère et la sorcière qui « représentent » les deux faces possibles de la mère « réelle »), les déplacements (qui accentuent la visibilité textuelle d'un élément secondaire ou, à l'inverse, dissimulent des contenus sémantiques essentiels sous une forme apparemment accessoire...).

3. Analyses littéraires

Les analyses « littéraires » présentent quelques spécificités possibles par rapport au cadre qui vient d'être tracé.

Ainsi elles s'attachent essentiellement à l'étude des récits culturellement considérés comme littéraires. Mais elles peuvent le faire :

– soit en considérant cette catégorie comme évidente, sans l'interroger ;

– soit en considérant que la notion de littérature ne va pas de soi et qu'il est important d'étudier les variations synchroniques et diachroniques de ce qui est une *construction sociale* distinguant les récits littéraires des autres récits.

Dans cette perspective, selon les uns, la spécificité serait purement externe : fondée essentiellement sur la « qualité » de l'auteur, la maison d'édition, les discours critiques, etc. Mais, pour les autres, cette construction sociale s'appuierait sur des faits textuels précis que l'analyse narratologique – ou l'analyse linguistique – pourrait contribuer à spécifier. Ainsi, certains analystes soutiennent l'idée que, depuis quelques décennies, une des options fortes des récits littéraires (plus ou moins d'avant-garde) semble résider en la mise en suspens d'un sens évident et unique par le flou de l'intrigue, l'instabilité des informations apportées, les défaillances dans les relations causales et chronologiques, le second degré, la multiplicité des sens possibles... ainsi que par la réflexivité généralisée au sein du texte (histoire d'histoires s'écrivant, mise en abyme, commentaires sur l'écriture ou les lectures possibles à l'intérieur de l'écrit...). Il y a cependant fort à parier, dans la mesure où ces techniques se diffusent plus largement – dans nombre de romans, dans la littérature de jeunesse, dans le cinéma... –, que les écrivains vont chercher à se différencier d'une autre manière à l'avenir. La littérature, notamment dans ses franges les plus innovantes, évolue en effet incessamment en cherchant à se distinguer des productions « courantes »...

Les analyses littéraires ont aussi comme spécificité, même si elles peuvent se rattacher aux différents courants théoriques mentionnés précédemment, de les mettre en œuvre en inscrivant au cœur de leurs analyses le texte lui-même (à la différence d'une histoire des livres ou d'une sociologie des lecteurs dont ce n'est pas l'objet principal).

Par exemple, la *sociologie de la littérature* s'intéresse, sur le pôle texte-production, aux conditions de la création littéraire. Selon les courants, elle va donc mettre en relation le texte et l'écrivain (son origine sociale, sa formation culturelle, ses positions idéologiques et esthétiques, sa carrière, les mouvements auxquels il appartient ou auxquels il s'oppose...). Elle va aussi chercher comment le « hors texte » se marque dans le texte et détermine une vision du monde. Complémentairement, elle étudiera comment l'ensemble des instances de la vie littéraire (éditeurs, imprimeurs, critiques, prix littéraires...) a pu peser sur la production du texte et y laisser des traces spécifiques. Sur l'autre versant, celui du texte et de sa réception, la sociologie de la littérature s'intéresse au public visé, au public réellement atteint, à sa quantité, à sa composition, à ses modes de lecture, à la postérité de l'œuvre, aux interprétations successives qu'elle a reçues... Mais elle peut aussi s'en tenir à une mise en relation précise du discours du texte (thèmes et procédés) et des discours sociaux pour étudier leurs relations et leur mode d'articulation.

L'*histoire littéraire* peut reprendre toutes ces questions (en y ajoutant par exemple le rapport entre le texte et l'histoire de la société, telle que les historiens la décrivent) mais d'un point de vue diachronique, c'est-à-dire dans une perspective historique, qu'elle soit conçue en terme de permanence ou de ruptures. Elle peut encore préciser l'histoire d'un thème, d'un genre ou d'un procédé.

L'*ethnologie littéraire* tente plutôt de préciser les relations entre textes, auteurs et lecteurs d'un côté et culture – notamment populaire – de l'autre. Si elle s'est longtemps cantonnée à l'étude du folklore et des contes, elle débusque aujourd'hui les traces des traditions et des coutumes dans les œuvres les plus classiques. Ainsi, Jean-Marie Privat, dans *Bovary Charivari* (Éd. du CNRS, 1994), a montré comment tout un folklore populaire (fêtes, rituels, personnages...) imprégnait *Madame Bovary* de Gustave Flaubert.

La *psychologie* et la *psychanalyse littéraires* s'attachent au texte, à sa production et à sa réception en rapport avec l'histoire familiale et sentimentale des auteurs, les grands fantasmes culturels (Œdipe), les mécanismes de lecture et d'écriture (identification, projection, condensation...), les investissements psychiques à l'œuvre, etc.

Deux autres spécificités des analyses littéraires, du moins telles qu'elles se sont historiquement constituées, paraissent encore consister :

– en la prééminence accordée à l'étude de récits particuliers et/ou de récits d'un auteur donné (l'accent est conséquemment plus porté sur la *singularité* des écrits et de leurs producteurs que sur la constitution de lois générales) ;

– en la défiance envers toute approche systématique visant à l'application d'*une* théorie ou d'*une* méthode, qui est souvent considérée comme une insupportable tentative de réduction de la complexité du texte.

On peut penser ici qu'un débat se poursuit, et n'est pas prêt d'être clos, entre partisans d'une approche « scientifique » des textes littéraires pour qui ceux-ci sont à étudier selon les modalités de n'importe quel autre objet social dans le cadre des sciences humaines et tenants d'un abord plus « cultivé » de la littérature, pour qui ce qui relève de la littérature échappe justement à une saisie purement « technique ».

4. En guise de conclusion

Nous proposerons, pour conclure cette trop rapide présentation des lectures, des interprétations et des analyses, cinq éléments de réflexion.

Même si nous avons insisté dans cet ouvrage et dans le point précédent sur les récits *littéraires* et sur les interprétations *littéraires*, il convient de ne pas perdre de vue que les récits littéraires ne constituent qu'une part infime des récits circulant dans le monde et que les interprétations littéraires ne représentent, elles aussi, qu'une partie très limitée des approches des récits. On peut sans doute préciser ce constat à l'aide de trois remarques portant sur la prise en compte des récits dans d'autres cadres disciplinaires.

En premier lieu, on peut noter que nombre de sciences humaines travaillent sur des récits non littéraires : récits d'expérience échangés dans le quotidien ou sollicités dans le cadre d'entretiens, faits-divers, autobiographies, récits d'expériences scientifiques, narrations de la manière dont on a résolu un problème en mathématiques, rêves...

De surcroît, elles étudient ces récits à partir de questions, souvent sensiblement différentes de celles qui sont posées dans l'espace littéraire : comment les gens produisent et comprennent des récits, comment se développent – de l'enfance à l'âge adulte – ces compétences narratives, quelle part de la vie psychique et selon quelles modalités ces récits révèlent-ils, quelle appréhension du monde social traduisent-ils, quelles formes de compréhension et quels obstacles cognitifs manifestent-ils, à quelles normes socio-institutionnelles se soumettent-ils, comment modèlent-ils notre perception et notre expérience du monde, selon quelles modalités participent-ils de nos pratiques sociales, etc.

On peut enfin remarquer que toutes ces disciplines (histoire, sociologie, psychologie, psychanalyse…) peuvent aussi analyser les récits littéraires mais *à partir de leurs propres questions au service de leurs fins propres*. Par exemple, un historien peut s'intéresser – au travers des romans de Balzac – à la société du XIXe siècle, sans considération particulière pour le style ou l'organisation des romans.

Chacune des théories mentionnées contribue à sa manière à « ouvrir » le texte sur le monde extérieur et à expliquer les fonctionnements relevés par l'analyse interne soit en fonction de la production (causes et intentions), soit en fonction de la réception (effets visés et réalisés), soit en fonction d'une histoire sociale ou textuelle. En ce sens, elles sont d'indispensables compléments de l'analyse interne. Aux questions en « comment ? », elles articulent des questions en « pourquoi ? » (pourquoi cela se structure de cette façon ?).

Comme nous l'avons vu, ces théories sont plus ou moins centrales dans l'espace littéraire selon la place qu'elles donnent au texte (comment le texte « manifeste » le monde, l'histoire, la production, la réception ou comment ceux-ci permettent de rendre compte du texte). Indéniablement, l'analyse précise du texte reste au cœur des études littéraires.

Ces théories sont constamment exposées à quelques grandes dérives : la volonté d'illustrer une thèse (qui mène à une explication « mécanique » et à une élimination de faits qui ne rentrent pas dans le cadre théorique choisi) ; l'absence de confrontation avec les textes antérieurs ou contemporains qui peut mener à des anachronismes ou à des illusions sur l'originalité du texte ; le « délire » interprétatif qui substitue les intuitions du lecteur à leur validation par l'analyse du texte ou par les réceptions réellement effectuées…

De fait, si ces théories sont indispensables pour donner sens à l'analyse interne qui se tient en deçà du seuil interprétatif, l'analyse interne précise est le garant que l'ouverture du texte et l'interprétation proposée tiennent bien compte de l'organisation du récit…

Bibliographie

ADAM J.-M., *Le Récit*, Paris, PUF, 1984.

ADAM J.-M., *Les Textes : types et prototypes*, Paris, Nathan Université, 1992.

ADAM J.-M. et PETITJEAN A., *Le Texte descriptif*, Paris, Nathan Université, 1989.

AMOSSY R., *Les Idées reçues. Sémiologie du stéréotype*, Paris, Nathan Université, coll. Le Texte à l'œuvre, 1991.

AUERBACH E., *Mimesis. La Représentation de la réalité dans la littérature occidentale*, Paris, Gallimard, 1968.

BAKHTINE M., *Esthétique de la création verbale*, Paris, Gallimard, 1984.

BARTHES R., « Introduction à l'analyse structurale des récits » (1966), dans BARTHES R. *et al.*, *Poétique du récit*, Paris, Le Seuil, 1977.

BECKER C., *Lire le réalisme et le naturalisme*, Paris (Dunod, 1992), Nathan Université, 2000.

BENVÉNISTE É., « Les relations du temps dans le verbe français », dans *Problèmes de linguistique générale*, Paris, Gallimard, 1966.

BERGEZ D. *et al.*, *Introduction aux méthodes critiques pour l'analyse littéraire*, Paris, Dunod, 1990.

BETTELHEIM B., *Psychanalyse des contes de fées*, 1976, traduction française, Paris, Robert Laffont, 1976.

BRÉMOND C., *Logique du récit*, Paris, Le Seuil, 1973.

BRUNER J., *Car la culture donne forme à l'esprit, de la révolution cognitive à la psychologie culturelle*, Paris, Éditions Eshel, 1991.

BOUILLAGUET A., *L'Écriture imitative*, Paris, Nathan Université, 1996.

COMBETTES B., *L'Organisation du texte*, Metz, Centre d'analyse syntaxique de l'université de Metz (diffusion Pratiques), 1992.

DELCROIX M. et HALLYN F. (éd.), *Introduction aux études littéraires*, Paris-Gembloux, Duculot, 1987.

DUPRIEZ B., *Gradus*, Paris, UGE, 1980.

ECO U., *Les Limites de l'interprétation*, Paris, Grasset, 1992.

FREUD S., *Le Rêve et son interprétation*, traduction française, Paris, Gallimard, 1925.

GARY PRIEUR N., *Grammaire du nom propre*, Paris, PUF, 1994.

GENETTE G., *Figures III*, Paris, Le Seuil, 1978.

GENETTE G., *Palimpsestes*, Paris, Le Seuil, 1982.

GENETTE G., *Nouveau discours du récit*, Paris, Le Seuil, 1983.
GENETTE G., *Seuils*, Paris, Le Seuil, 1987.
GLAUDES P. et REUTER Y. (éd.), *Personnage et histoire littéraire*, Toulouse, Presses universitaires du Mirail, 1991.
GLAUDES P. et REUTER Y., *Le Personnage*, Paris, PUF, coll. Que sais-je ?, 1998.
GREIMAS A.-J., *Sémantique structurale*, Paris, Larousse, 1966.
GREIMAS A.-J., *Du sens*, Paris, Le Seuil, 1970.
HAMON P., « Pour un statut sémiologique du personnage », *Littérature*, n° 6, 1972, article repris dans R. Barthes *et al.*, *Poétique du récit*, Paris, Le Seuil, 1977.
HAMON P., « Un discours contraint », *Poétique*, n° 16, 1973.
HAMON P., *Introduction à l'analyse du descriptif*, Paris, Hachette, 1981.
JAKOBSON R., *Essais de linguistique générale*, Paris, Le Seuil, 1963.
KERBRAT-ORECCHIONI C., *L'Implicite*, Paris, Armand Colin, 1986.
LARIVAILLE P., « L'analyse (morpho)logique du récit », *Poétique*, n° 19, 1974.
LARROUX G., *Le Mot de la fin. La clôture romanesque en question*, Paris, Nathan, coll. Le Texte à l'œuvre, 1995.
LEJEUNE P., *Je est un autre*, Le Seuil, 1980.
LEJEUNE P., *Le Pacte autobiographique*, Le Seuil, 1986.
LINTVELT J., *Essai de typologie narrative*, Paris, José Corti, 1981.
MAINGUENEAU D., *Éléments de linguistique pour le texte littéraire*, Paris (Dunod, 1993), Nathan Université, 2000.
MAINGUENEAU D., *Le discours littéraire*, Paris, Armand Colin, 2004.
MOLINIÉ P., *La Stylistique*, Paris, PUF, 1993.
NICOLE E., « L'onomastique littéraire », *Poétique*, n° 54, 1983.
PIÉGAY-GROS N., *Introduction à l'intertextualité*, Paris, Dunod, 1996.
RABATEL A., *La Construction textuelle du point de vue*, Lausanne-Paris, Delachaux et Niestlé, 1998.
Revue *Poétique*, « Le discours réaliste », n° 16, 1973.
Revue *Pratiques*, « Scènes romanesques », n° 81, 1994.
PROPP V., *Morphologie du conte*, Paris, Le Seuil, 1985.
REUTER Y., *Introduction à l'analyse du roman*, Paris (Dunod, 1991), A. Colin, 2009.
REUTER Y., *La Description. Des théories à l'enseignement-apprentissage*, Paris, ESF, 2000.
RICŒUR P., *Temps et récit*, Tome II. *La configuration du temps dans le récit de fiction*, Paris, Seuil, 1984.
SCHAEFFER J.-M., *Qu'est-ce qu'un genre littéraire ?*, Paris, Le Seuil, 1989.
SULEIMAN S., *Le Roman à thèse ou l'autorité fictive*, Paris, PUF, 1983.
TODOROV T., « Les catégories du récit littéraire », *Communications*, n° 8, 1966.
WEINRICH H., *Le Temps*, Paris, Le Seuil, 1973.
ZERAFFA M., *Personne et personnage. Le romanesque des années 1920 aux années 1950*, Paris, Klincksieck, 1969.

Index des noms d'écrivains

Index des notions

conception
réalisation
mise en page
pca

44405 Rezé cedex

224453 – (VI) – (0,5) – OSB 80° – PCA – IPN
Dépôt légal : août 2009 – Suite du tirage : février 2015

Achevé d'imprimer par la **N**ouvelle **I**mprimerie **L**aballery
58500 Clamecy
N° d'impression : 502134